エミリ・ディキンスンを理詰めで読む

新たな詩人像をもとめて

江田孝臣
Takaomi EDA

F 982 / J 919

If I can stop one Heart from breaking

I shall not live in vain

If I can ease one Life the Aching

Or cool one Pain

Or help one fainting Robin

Unto his Nest again

I shall not live in vain.

THE POEMS OF EMILY DICKINSON: VARIORUM EDITION,
edited by Ralph W. Franklin, Cambridge, Mass.: The Belknap Press of Harvard University Press,

Copyright © 1998 by the President and Fellows of Harvard College.
Copyright © 1951, 1955 by the President and Fellows of Harvard College.
Copyright © renewed 1979, 1983 by the President and Fellows of Harvard College.
Copyright © 1914, 1918, 1919, 1924, 1929, 1930, 1932, 1935, 1937, 1942 by Martha Dickinson Bianchi.
Copyright © 1952, 1957, 1958, 1963, 1965 by Mary L. Hampson.

エミリ・ディキンスンを理詰めで読む
──新たな詩人像をもとめて

目　次

まえがき　　　　　　　　　　　　　　　　　　　　　　　　5

第1部　詩についての詩　　　　　　　　　　　　　　　11

第1章　詩人にとっての「宝石」とは
　　　　──エミリのお昼寝の詩学　　　　　　　　　　　13

第2章　ランプとしての詩──詩人は消えたのか　　　　26

第3章　「弾を込められた銃」とは何か
　　　　──詩についての詩　　　　　　　　　　　　　　33

第4章　エミリの詩の工房
　　　　──〈推敲途上の詩〉を話者とする作品3篇　　46

第5章　〈推敲途上の詩〉を話者とする作品さらに3篇　63

第2部　復活が信じられない　　　　　　　　　　　　85

第6章　復活の教義批判
　　　　──「サテンの垂木に石の屋根」の謎　　　　　87

第7章　続・復活の教義批判
　　　　──ディキンスンの自分だけの天国　　　　　102

第3部　狂気と絶望　　　　　　　　　　　　　　　　119

第8章　葬儀空想か理性の死か──初期批評は正しい　121

第9章　漫歩する石ころとしての詩人　　　　　　　　134

第4部　死を幻想する　　　　　　　　　　　　　　　145

第10章　その家は「私」の墓か　　　　　　　　　　　147

第11章　牧師の猟奇的犯罪──話者のトリック　　　　161

第5部　政治と科学　　　　171

第12章　政治と経済とエミリ・ディキンスン　　　173

第13章　エミリ・ディキンスンの氷河期　　　202

引用文献一覧 (Works Cited)　　　227

引用作品索引　　　233

初出一覧　　　235

まえがき

　2005 年から 2016 年の間に大学紀要等に書いたエミリ・ディキンスン（Emily Dickinson［1830-86］）の詩に関する小論十数本を一冊にまとめてみた。基本的に各章で 1 篇の詩を取り上げ、本書の表題にある通り「理詰めで読む」作業を実践している。傍証として引用しただけの詩を含めても、取り上げた詩の数は 40 篇に満たないが、ディキンスンの代表作が多くを占めている。和訳・注釈付きの小アンソロジーとしても使えるはずである。

　「理詰めで読む」と言われると、興ざめに感じる読者もいるかもしれない。詩は感性と情感の産物ではないかとの反論も出そうだ。20 世紀の日本の詩は、フランス象徴派やシュルレアリスムの影響が色濃い。その辺りから詩に親しんできた読者は、詩が「理詰め」では読めないことを痛感しているだろう。実際、言葉の音楽性や不条理なイメージを感受することなしに、それらの詩を「読む」ことはできない。そのような詩の読者にとっては、朦朧とした曖昧さがなく、理に徹した、あるいは偏した詩は「詩ではない」と感じられるだろう。たしかにモダニズム以降、アメリカの詩は T・S・エリオットに代表されるようにフランスの影響を多少なりとも受け入れたが、それがアメリカ詩の根幹にまで及んだとは思えない。戦後の日本においてアメリカの詩が（エリオットをのぞき）フランスの詩に比べて人気がなかったのは、その辺りに理由がありそうだ。日本の詩の伝統についても、理知的な要素が重要であったことは、新古今まで遡らなくとも明らかであろう。むしろ、より大きな視野に立てば、象徴詩やシュルレアリスムの方が例外的とも言える。言うまでもなく、ディキンスンはボードレール（1821-67）の同

時代人だが、フランス詩の影響はない。

　ディキンスンを「理詰めで読む」作業が具体的にいかなるものかは第1章以降を読めば分かって頂けると思うが、一言で言えば、先入見を排して、徹底して語義と文法にこだわって読むということである。これは、人が散文を読む場合には特に意識もせずに、当然のごとく行っている作業である。この点で詩を読む作業が基本的には散文を読む作業と変わらないことには、よほど象徴詩とシュールな詩に毒されていない限り、同意して頂けるだろう。筆者の語義へのこだわり（と言っても強調するほどでもない）については、本論を読んで頂くほかはないが、ディキンスン詩における文法の重要性については少し強調しておいた方がよさそうである。それにはまずディキンスンの詩の形式について説明しておく必要がある。

　ディキンスンの詩は common meter を基調とする讃美歌（hymn）をモデルとしている。4行で1連（stanza）を構成し、2つから5つの連で出来た詩が大半を占める。すなわち8行から20行の短詩ばかりと言ってよい。6連24行以上の長さの作品は例外的である。1連を構成する4行（quatrain）は、弱強4歩格（iambic tetrameter）と弱強3歩格（iambic trimeter）を交互に反復する。言い換えれば、奇数行は8音節、偶数行は6音節から成る。讃美歌では奇数行どうし、偶数行どうしで脚韻（完全韻 full rhyme）を踏むが、ディキンスンの場合、数えるほどの例外をのぞき、偶数行のみの押韻であり、それも不完全韻（half rhyme）が圧倒的である。ディキンスンが完全韻を避けるのは意識的であって、けっして技術的に未熟であるからではない。むしろ不完全韻へのこだわりには、大げさに言えば、英語詩の伝統を変革しようとする野心さえ感じられる。この点については、詳しくは茨城大学の岡崎正男氏の論文 "Emily Dickinson's Rhyme Revisited"（*The Emily Dickinson Society of Japan Newsletter*,

No.31〔2013〕, 19-22）を参照されたい。

　讃美歌では1行ずつ意味が切れる。すなわち行末に休止が入る。一方、ディキンスンの詩では意味が行を越えて、次の行にあふれ出ることが珍しくない（句またがり　enjambment）。まれには連をまたがる場合もある。讃美歌を原型としながらも、ディキンスンは彼女なりに自由を模索しているわけである。しかしながら依然として定型詩の束縛は残る。韻律を整えるため、脚韻を踏むために倒置が起こる。また語の選択にも影響する。この点は伝統的な英詩と変わりがなく、ディキンスンを正確に読むには英詩に習熟する必要がある。さらに厄介なのは、ディキンスンは言葉を徹底的に節約する。ディキンスンの詩ほど冗漫さと無縁な詩はない。一語足してくれれば、誰にでも容易に分かる場合でも、そのような「橋」を架けてはくれない。エズラ・パウンドのイマジズム第2原則、「表現に貢献しない語は絶対に用いないこと」（"To use absolutely no word that does not contribute to the presentation."）を、ディキンスンは間違いなく先取りしている。それどころかモダニスト詩人以上に極端に走ったために、未だ意味不明のままの詩も多い。

　ディキンスンの詩は必要最小限の言葉で作られている。したがって文法の取り違え、単語ひとつの語義の取り違えも、詩全体の解釈にとっては致命的である。わずかな取り違えによって、非凡な詩がまったく陳腐なものに見える場合がある。筆者はそのような体験を何度もした。詩が陳腐に見える場合には、こちらの解釈がどこかで間違っていると考えるべきなのだ。そう考えて文法と語義を再点検し、小さな取り違えを正すと、途端にその作品が輝きだす。同時代のウォルト・ホイットマンの長い詩の場合、そのような取り違えは詩全体の解釈にはほとんど支障を与えない。その点でこのふたりの詩人は対照的である。

　筆者は卒業論文でディキンスンを取り上げ、ちょうど熱中し

ていたウィリアム・ジェイムズの『宗教的経験の諸相』を参照
しながら、詩中に見られる回心（conversion）体験について論
じたが、詩自体についてはごく表面的な理解に終わった。大学
院では20世紀のウィリアム・カーロス・ウィリアムズの長篇
詩『パターソン』に夢中になり、D・H・ロレンスの地霊（spirit
of place）の観念がどのように利用されているかを論じて、修士
論文を書いた。その後もほぼ『パターソン』一筋で細々と論文
を書き続けたが、世紀が変わって大学を移り、専門科目を教え
るようになって久しぶりにディキンスン研究に復帰した。教室
で岩波文庫の『対訳ディキンスン詩集』（1998年初版）をテキ
ストに使いながら、学生たちと一緒に読み進めるうちに遭遇し
たのが、本書第1章で取り上げている "I held a Jewel in my fingers -"
で始まる詩であった。編者亀井俊介氏の脚注の説明に納得がい
かなかった。といっても、その時点で自分に独自の解釈があっ
たわけではない。編者の解釈では、この詩が優れた詩だとはど
うしても思えなかったのだ。日本のほかの研究者の解釈も調べ
てみたが、これだというものは見出せなかった。ただ武田雅子
氏の『エミリの詩の家』（1996年刊）が控えめに提案している
解釈に惹かれるものがあった。当然ながらアメリカの研究書も
当たってみたが、武田氏の解釈と類似していると思われたバー
バラ・モスバーグの著書以外には目ぼしいものはなかった。あ
とは自分の頭で考えるしかない。その結果、いくつかの偶然も
あってたどり着いたのが、この詩における "Jewel" は「推敲途
上の詩」を指すという仮説であった。議論の詳細については第
1章をお読み頂きたい。この仮説については、筆者は自信を持っ
ている。本書はその確信の上に築かれていると言っても過言で
はない。

　ディキンスンにメタ・ポエムすなわち「詩（作）についての詩」
が多いことには気づいてはいたが、実のところこの詩がそれだ

まえがき 9

とは思わなかった。そこからメタ・ポエム探しが始まった。メタ・ポエムとして読んだとき、はじめて輝きだす詩をいくつも発見した。第1部の第1章から第5章までがメタ・ポエトリー論である。第2章の解釈は画期的だと自負している。前述した、文法の正確な把握がいかに重要か、お分かり頂けるだろう。有名な "My Life had stood - a Loaded Gun -" を扱った第3章は物議をかもすこと必至だが、理路整然とした反論が書かれることを、筆者はむしろ期待している。第2部から第4部では、それぞれ信仰、狂気、死を主題とするよく知られた詩を2篇ずつ取り上げている。特に、ディキンスン詩中もっとも人口に膾炙した "Because I could not stop for Death -" を論じた第10章には異論が多いであろう。これにも反論を期待している。第5部に収めた2章は、それまでの11の章とは少々異なる。第12章は、語義と文法にこだわって読むだけでなく、19世紀の政治・経済という大きなコンテクストにおいて、複数の詩を論じている。第13章はディキンスンに関する最新作で締め括ったつもりだが、ソース（材源）研究に傾いており、本書全体の趣旨からは逸脱し始めている。紀要論文をそろそろ一冊の本にまとめる時が来たと感じた所以である。

　底本には R. W. Franklin 編の *The Poems of Emily Dickinson,* 3 vols. (Cambridge, MA: Harvard UP, 1998) を用い、Thomas H. Johnson 編の *The Poems of Emily Dickinson*, 3 vols. (Cambridge, MA: Harvard UP, 1955) も適宜参照した。

　本書に「あとがき」はない。

　早稲田大学の大学院、および今はなき第二文学部で一緒にディキンスンを読んでくれた学生諸君に感謝します。教えていて思いついたアイデアも少なくなかったからです。春風社の松

永愛子さんが筆者の研究室を訪ねてくれなければ、この本はまとまらなかったかもしれません。編集を担当頂いた同社社長三浦衛さんと岡田幸一さんにも感謝します。ありがとうございました。

2018 年 6 月　江田孝臣

［再版時追記──初版を丹念に読んで頂き、誤字・誤植等を指摘して頂いた詩人のヤリタミサコさん、東京理科大学の金澤淳子さんに感謝致します。再版編集は永瀬千尋さんに担当して頂きました。同じ年に 2 冊本が出せて嬉しい限りです。ありがとうございました。　2022 年 8 月 23 日　江田孝臣］

第１部

詩についての詩

第1章
詩人にとっての「宝石」とは
——エミリのお昼寝の詩学

F 261 / J 245

I held a Jewel in my fingers -
And went to sleep -
The day was warm, and winds were prosy -
I said "'Twill keep" -

I woke - and chid my honest fingers,
The Gem was gone -
And now, an Amethyst remembrance
Is all I own -

宝石を握りしめて
眠りについた
その日は暖かく、風は散文的だった
私は言った、「なくなりはしない」と

私は目覚めて、正直な指を叱った
宝石はなくなっていた
そして、いま私に残されているのは
アメジストの思い出だけ

この詩はエミリ・ディキンスンの代表作のひとつとされ、彼女

の詩選集には必ずといってよいほど登場する珠玉の作品である。しかしながら、日本のディキンスン研究を眺めると、意外なことに必ずしもこの詩についての解釈と評価が定まっているようには思えない。日本の先行研究とアメリカの近年の研究成果を踏まえ、また筆者自身の、やや冒険的かもしれない見解をも披瀝しながら、この詩を再読してみたい。

　問題となるのは、"Jewel" の喪失が何を意味するかである。1983年刊の山川瑞明、武田雅子、下村伸子編注『エミリ・ディキンスン ── 詩と手紙』では、「神、愛、恋人、友人、あるいは芸術や詩人としての自己などの喪失」としている（山川80）。1985年の稲田勝彦著『エミリ・ディキンスン ── 天国獲得のストラテジー』は、ごく短く「曰く言い難い喪失感」としている（稲田79）。1992年に出版され、「主要文献一覧」に内外の800点以上を列挙している古川隆夫著『ディキンスンの詩法の研究 ── 重層構造を読む』は、同じく喪失感を「美しく歌い上げた」作品とし、少女時代のディキンスンに文学の面白さを教えたベンジャミン・ニュートン（Benjamin Newton）の死に言及したものとするウィラード・コネリー（Willard Connely）の説を紹介している（古川119）。古川氏自身の考えは示されておらず、またほかの詩に比べて扱いも短い。さらに同氏（岡隆夫）の訳詩集『エミリィ・ディキンスン詩集』（1980年）にも収録されていないことから考えて、注目に値する詩とは見なしていないように思われる。1996年刊の武田雅子著『エミリの詩の家 ── アマストで暮らして』は、前記の『エミリ・ディキンスン ── 詩と手紙』の注釈を踏襲して、「無くしたものは、子供時代、大事な友達、恋人、神」とする一方で、「『もの憂い』にあたる原詩の "prosy" には『散文の』という意味があるから、ひらめいた詩想、詩のインスピレーションみたいなものかもしれない」と控えめに付け加えている（武田151）。1998年の亀

井俊介編訳『対訳ディキンソン詩集』は、「子供の頃の体験」と断定し、「センチメンタリズムに磨きをかけ」た作品としている。"prosy" については「『散文的な』とは、激しさのない、といったほどの意味か」と記しており、詩人の語の選択に疑問を感じているように推察される（亀井 68）。

　結論から言えば、この詩は武田氏も述べているように「すこしも難しい詩ではない」（武田 150）。これはディキンスンが得意とする「謎々詩」（riddle poems）のひとつである。ディキンスンは "Jewel" がいったい何か、読者に謎をかけているのだ。"prosy" は周到に与えられたヒントである。とすれば答えは明白である。詩人にとっての「宝石」、すなわち一番大事なものは何かを考えてみればよい。武田氏が遠慮深く提案されているように、詩的インスピレーション、あるいは、後述するように、ずばり詩そのものと言ってもよいだろう。詩人は文字通り珠玉のごとき詩想あるいは詩そのものを得た。しかし、書き留めることなく、眠りについた。「なくなりはしない」（"'Twill keep"）と思って。しかし、目覚めてみると、詩想あるいは詩は、ほとんど消え失せている。残されたのは、それがいかに美しい宝石のようにきらめいていたか、という思い出（"Amethyst remembrance"）だけ。詩人は感傷的な追憶に浸っているどころか、その瞬間は、激しい後悔に襲われたのではないか。もちろん、しばらく時間をおいて、そのことを歌う詩の調子は、いかにもディキンスンらしくユーモラスに仕立ててある。

　確かに、一般論としては、詩の読みは読み手によって多様であってよいし、異なった多くの読みを誘発する詩は、豊かな深い詩であろう。しかし、詩がある時点から詩人の意図を離れて、自律的に動き始めるのは事実だとしても、少なくともその時点までは意図の支配下にある。この詩の書かれた状況は、ディキンスンのほかのほとんどの詩と同じように不明である。謎々で

あることを示す証拠はもちろんない。しかし、たとえば、この詩が誰かに宛てられた手紙のなかにあって、その直前に "Can you guess what this stone might be?"（「この宝石が何か分かる？　当ててみて。」）などと書かれてあったと想像してみよう。その場合、この詩の解釈はほとんど多様性を持ち得ないのではないか。

　解釈の焦点は "prosy" の一語である。「風」（"winds"）を修飾するにはいかにも奇妙な形容詞であり、過去にあまり例もなかろう。だからこそ、山川、武田、下村の三氏は、ウェブスター第三版に依拠してこの語に "=dull, commonplace" と注をつけ、亀井氏は上述したように疑問を残しながらも「激しさのなさ」と注釈し、「おだやか」と訳している。この詩が謎々であるとすれば、この語は武田氏の単著の指摘通り「散文の」と直訳してよい。そのように解釈してこそ、この詩は、詩人特有の、そして詩人にとってもっとも切実な問題を歌っていることになる。同時に、"prosy" が用いられた理由はまったく無理なく説明される。一方、「神、愛、恋人、友人」や「子供時代の体験」等々の喪失といった「曰く言い難い経験」を漠然と暗示しているとする解釈は、"prosy" の必然性を説明できず、かつ、この詩の印象を拡散させ、言葉の力強さを削ぎ落としてしまう。ここで強調する必要もなかろうが、ディキンスンのすぐれた詩においては、言葉は厳しく選び抜かれており、およそ無駄というものが一切ない。ポスト構造主義を経た現在、こんな言い方をするのは気がひけるが、「正しく」解釈された場合、ディキンスンの詩の言葉のひとつひとつが必然性を持ち、生気を帯び始める。たとえひとつの語であっても、その意味が釈然としない場合、解釈全体が間違っていると考えた方がよい。

　筆者の知る限り、アメリカの研究者で筆者と同じ立場をとっているのは、1982 年刊のバーバラ・モスバーグ（Barbara

Antonia Clarke Mossberg）の *Emily Dickinson: When a Writer Is a Daughter* である。モスバーグは、従来の研究が、ディキンスンの喪失の詩を友人や恋人との別れ（死別と生別）に関連づけて解釈してきたことを批判する。彼女は、喪失の詩が詩的創造力を失うことへの怖れに言及したものだとして、ここで問題にしている詩を例にあげ、次のように述べる──

> 高価な宝石とは詩のことであり、この詩は詩芸術について隠喩を用いて語っているのである。そのことは（ペンを握って詩を書く）「指」に置かれた強勢と「散文的な」風によって示唆されている。宝石とは紙に書き留められない詩想のことであって、ことばが詩人を「豊かに」するのだ。

> That the valued jewel is poetry, and the poem a metaphoric statement about art is suggested by the emphasis on 'fingers'（which write--801）, and by the 'prosy' winds; the 'Gem' is the poetic idea that did not get put down on paper; the word makes her 'rich.'
>
> （Mossberg 171-72）

"fingers" がペンを握る指であるとしているのが注目される。また、モスバーグは、喪失の詩の伝記的解釈者のひとりとして、最初の学問的伝記を書いたジョージ・ホイッチャー（George Whicher）の名前をあげているが、筆者も、この詩についての誤解の淵源は、ホイッチャーの *This Was a Poet* のなかの、ベンジャミン・ニュートンについて書かれた第5章 "An Amethyst Remembrance" で、この詩が引用されていることにあるのではないかと疑っている（Mossberg 207-8, Whicher 94）。

　この詩は、"This was a Poet -"（F 446 / J 448）, "I dwell in Possibility -"（F 466 / J 657）, "My Life had stood - a Loaded Gun -"（F 764 / J 754）,

"The Poets light but Lamps -"（F 930 / J 883）など、ディキンスンに多く見られる、メタ・ポエトリーすなわち詩（作）についての詩（poems on poetry）のひとつである。私見では、ディキンスンの謎めいた詩のなかには、メタ・ポエトリーと考えた時に、初めてその意味が開示されるものが少なくない。さらに、飛躍も覚悟で言えば、詩的霊感の訪れと消失を主題とするこの詩は、ロマン派の伝統に連なる作品でもあるだろう。「散文的な」「風」は、「ポーロックから来た訪問者」（"a visitor from Porlock"）であり、この詩が暗示している喪失感は、「クブラ・カーン」（"Kubla Khan"）の筆を折らねばならなかったときにコールリッジが感じた喪失感に通じるものだ、と言えば大袈裟に過ぎるだろうか。

　武田氏は、この詩が、「きらめきを捕らえたと思って、それを文字にしてみると、輝きを失った平板なものに過ぎないことを発見して嘆く、という経験」と関連づけているが、これは、創造過程の機微を洞察する卓見であろう（武田 151）。だが、そうなると、詩人が「握りしめて」寝たのは詩想あるいは詩的霊感に限定されてしまう。筆者は、飛躍ついでに、詩人が「握っていた」のは完成目前の詩であった、とあえて主張してみたい。といっても紙に書き留められたものではない。その詩は、おそらくこの詩と同じく、せいぜい 8 行程度の短さだっただろう。それ位なら詩人には記憶しておく自信が十分あって書き留めなかった、と考えるのだ。言うまでもなく、多くのディキンスンの詩が、讃美歌のリズムに乗せて作られている。お気に入りの讃美歌のメロディーに合わせて作っておけば、一日二日記憶しておくのは、彼女にとってはさほど難しいことではなく、それ以前にも同じ手でうまく行っていたのではないか。

　この詩が書き留めなかった詩の喪失を主題としているとすれば、たとえば次のような詩もまた同工異曲の作品として読むことができそうである――

第 1 章　詩人にとっての「宝石」とは　19

F 943 / J 840

I cannot buy it - 'tis not sold -
There is no other in the World -
Mine was the only one

I was so happy I forgot
To shut the Door And it went out
And I am all alone -

If I could find it Anywhere
I would not mind the journey there
Though it took all my store

But just to look it in the Eye -
"Did'st thou"? "Thou did'st not mean", to say,
Then, turn my Face away.

私はそれを買えない、売られていないから
世界にそれ以外にはない
私の持っているのが唯ひとつ

私はあまりに嬉しくて、ドアを閉めるのを
忘れた。そしたら、それは出て行った
いま、私はひとりぼっち

もし、どこかで見つけられるなら
そこまで出かけて行くのも厭わない
旅費で蓄えが全部消えるとしても

面と向かって

　「本気だったの？」、「本気じゃなかったのよね？」と言って

　顔を背けてやりたい

　思いがけず記憶から消えた詩を、別れも告げずに姿を消した恋
人に喩え、最後の連でその怨み辛みを晴らすことを空想する
のだが、なんとも心憎いエンディングである。

　ディキンスンといえば、われわれは、家事に費やされる時間
以外は生家の2階の「自分自身の部屋」に引きこもって、ひた
すら詩作に励んでいる姿を思い描く。ディキンスンの詩を読み
込めば読み込むほど、ひとつひとつの言葉の持つ効果が予め精
密に計算され、多くの場合、ひとつの詩についていくつかの異
稿を残しているにもかかわらず、詩全体が、あまりに巧緻に組
み立てられていることを発見して、われわれは驚嘆する。ひと
つの詩が完成するまでに費やされる膨大な推敲の作業の量を想
わずにはいられない。ほとんどの詩が、おそらく何度となく書
き直しを繰り返した後にファシクルに入ったというのが実情だ
ろう。われわれの脳裡に映る彼女のイメージが、ペンあるいは
鉛筆を持ち、机にうつむくエクリチュールの詩人になりがちで
あるのも無理はない。

　しかし、近年、上記のディキンスン像を一部修正するよ
うな情報がもたらされている。マーサ・アクマン（Martha
Ackmann）の1998年の論文 "Biographical Studies of Dickinson" は、
ディキンスンが、特定の親族の前で即興的に詩を作り、聴か
せる場合もあったことを示すふたつの例を紹介している。ひと
つは、ゲーリー・シャーンホースト（Gary Scharnhorst）が発見
した、ディキンスンの母方の従妹ルイーザ・ノークロス（Louisa
Norcross［1842-1919］）が1904年に *Woman's Journal* に送った手紙

である——

エミリ・ディキンスンはひんやりして静かな食料貯蔵庫の
なかでミルクの薄膜を取りながら、この上なく力強い詩を
作っていました。というのも私はドアの前の足載せ台にす
わって、彼女が読み聞かせる詩に嬉々として耳をすませて
いたからです。ブラインドは閉じられていましたが、緑色
のブラインドの隙間から外の魅力的な出来事すべてを見て
取って、書き留めていました。

I know that Emily Dickinson wrote most emphatic things in the
pantry, so cool and quiet, while she skimmed the milk; because I sat
on the footstool behind the door, in delight, as she read them to me.
The blinds were closed, but through the green slats she saw all those
fascinating ups and down going on outside that she wrote about.

（Grabher 20）

ディキンスンはルイーザとは、その妹のフランシス・ノークロ
ス（Frances Norcross ［1847-96］）とともに親しくしていた。こ
こでいう "most emphatic things" とは、力強いリズムを持った、
歌に近い詩のことを指していると推定できる。また、この証言
では、ディキンスンが外の出来事をブラインドの隙間越しに見
て、それを詩に書き留めた後に従妹に読んで聴かせたとなって
いるが、ルイーザは食糧貯蔵庫にこもっているディキンスンの
姿を見ていたわけではないから、実際には、口頭で詩を作り、
それから書き留めた可能性もあろう。むしろ、口頭で作ったか
らこそ "most emphatic things" ができたのではないか。
　もうひとつは、アクマン自身が、シルヴィア・スウェット・ヴィ
アーノ（Sylvia Swett Viano ［？- 1995］）というディキンスンの

親戚のひとりから聴取した証言である。彼女はディキンスンの従姉妹に当たるアンナ・ジョーンズ・ノークロス・スウェット（Anna Jones Norcross Swett［1855 - ?］）の孫であった。祖母アンナの唯ひとりの孫であったヴィアーノは、祖母がディキンスン・ホームステッドを何度も訪ねた際の思い出をいくつも聴かされていた。そのうちもっとも鮮明な記憶によれば、幼い祖母の目の前で、ディキンスンが窓やカーテンを開け放ち、外の庭で遊ぶ小鳥などを見て、その様子を「詩的に」表現してくれたという。祖母は、ディキンスンが「詩を語った」（"talk poetry"）と言っていたという（Grabher 20-21。生没年は Habegger 633 に拠る）。

　従来、ディキンスン像は、宗教的不信、失意、絶望、死へのオブセッション、引きこもりといった陰鬱なイメージと結びつけられがちだった。しかし、案外、上機嫌の時は、自室で讃美歌を鼻唄代わりにひとり口ずさみながら、そのリズムに乗るような詩句を、空で組み立てることもあったのかもしれない。そのように想像すると、いささか心楽しくなるではないか。

　ところでこの詩にはまだ疑問がひとつ残っている。3 行目の "The day was warm, and winds were prosy -" である。なぜ "The night" ではなく "The day" なのであろうか。宝石を握りしめて寝たのは夜ではなかったのか。この疑問を解く鍵は、次に読む F 1174 / J 1167 の詩に見い出せる——

F 1174 / J 1167

Alone and in a Circumstance	独り、口にするのも憚る
Reluctant to be told	状況にあったとき
A spider on my reticence	私の寡黙の上を一匹の蜘蛛が
Assiduously crawled	勤勉に這った

And so much more at Home than I	そしてあっという間に私よりも
Immediately grew	くつろいでしまったので
I felt myself a visitor	私の方が客のよう感じ
And hurriedly withdrew -	急いで退散した
Revisiting my late abode	権利の条項を携えて
With articles of claim	旧居を再訪してみると
I found it quietly assumed	蜘蛛はそこを、税が眠り、
As a Gymnasium	所有権もなくなった体育館と
Where Tax asleep and Title off	暗黙裡に決め込んでいた
The inmates of the Air	空中の入所者たちは、おのおの
Perpetual presumption took	特別の相続人であるかのように
As each were special Heir -	久遠の厚顔を装っていた
If any strike me on the street	道で誰かに殴られたら
I can return the Blow -	殴り返すこともできる
If any take my property	誰かが財産を奪ったのなら
According to the Law	法に照らせば
The Statute is my Learned friend	制定法は私にとって学識ある味方だ
But what redress can be	しかし、取るに足らない
For an offense nor here nor there	したがって衡平法にもない侵害には
So not in Equity -	どういう賠償がありうるのか
That Larceny of time and mind	一日の骨髄ともいうべき
The marrow of the Day	時間と精神の、蜘蛛による
By spider, or forbid it Lord	窃盗。それを細々述べ立てるなど
That I should specify -	真っ平御免です

ディキンスンには蜘蛛についての詩が何篇かあるが、これは間違いなくそのなかの最高傑作である。苦手な蜘蛛が部屋に入り込んだために大騒ぎをしたという内容的にはたわいもない詩で

ある。ここで注目したいのは初めの4行と、締め括りの4行である。中間の20行は、部屋を蜘蛛に占拠されたことへの困惑を、ディキンスン得意の法律用語を駆使することによって面白おかしく表現しているだけである。まず、冒頭の「口にするのも憚る／状況」("in a Circumstance / Reluctant to be told")が問題だ。そのような状況にはいくつか候補が考えられるが、謎々好きのディキンスンは周到にヒントを与えてくれている。続く「私の寡黙の上を一匹の蜘蛛が／勤勉に這った」("A spider on my reticence / Assiduously crawled")の「勤勉に」("Assiduously")がそれである。つまり蜘蛛は勤勉だったが、詩人は勤勉ではなかったのだ。また「寡黙の上を」とは「閉じた口の上を」という意味である。閉じた口の上を蜘蛛が這うということは、詩人はそのとき仰向けの状態だったのだ。と言えば誰もがお分かりだろう。詩人は自室で「お昼寝」の最中だったのである。ピューリタンの末裔たちにとっては、あるまじき怠惰な習慣である。したがって、「口にするのも憚る／状況」とそれこそ口を濁しているのだが、「勤勉に」というヒントで分かる人にはすぐに分かるように書いているところに、ディキンスンの反骨精神が垣間見える。重要なのはそのお昼寝を、締め括りの4行のなかで「一日の骨髄ともいうべき／時間と精神」("time and mind / The marrow of the Day")と言っていることである。実は、ディキンスンにとってお昼寝は怠惰な習慣どころか、彼女の精神にとって非常に重要な意味を持っていたのである。なぜか。筆者は次のように推理する。これにはいかなる証拠もないし、今後とも出てこないだろう。今日、短い昼寝は脳を活性化することが知られている。詩の制作を通じて、ディキンスンも経験的に知っていたのである。詩を推敲している途中で短いお昼寝を取ると、目覚めたとき思いがけないインスピレーションに恵まれることがあることを。隠遁生活とはいっても掃除、洗濯、料理など家

事に忙しいディキンスンにとって、おそらく昼食後の昼下がり
の 2 時間ほどは、夜遅い時間と並んで彼女が自由に詩作に打ち
込める時間だったのだろう。頭のなかだけで短い詩を作り、あ
れこれ空で推敲した後に、紙に書き留めることなく昼寝をす
る。いつもとは限らないだろうが、まるで天から降ってきたか
のような奇跡的な詩句がひらめくことがあるのだ。それに味を
しめて続けているうちに、ある日、インスピレーションに恵ま
れるどころか、寝る前に空で作った詩をそっくり忘れてしまっ
た、というのがこの "I held a Jewel in my fingers -" だったのである。
しかしながら、そんな失敗談をネタに、こんな珠玉の作品をも
のしてしまうのだから、ディキンスンとは「転んでもただでは
起きぬ」したたかな詩人である。

第 2 章

ランプとしての詩
——詩人は消えたのか

F 930 / J 883

The Poets light but Lamps -
Themselves - go out -
The Wicks they stimulate
If vital Light

Inhere as do the Suns -
Each Age a Lens
Disseminating their
Circumference -

よく知られたアンソロジー・ピースだが、日本語訳を見る限り、意外にも正確な意味が理解されているようには思われない。以下に引用する定評ある 3 人の翻訳者による訳では、いずれも動詞 "Inhere" の主語を "vital Light" と解し、4-5 行を仮定節、6-8 行を帰結節としている。

　［安藤一郎訳］
　詩人はランプに火を点じるだけ
　詩人自身は—消えてしまう—
　彼らの刺激する芯—
　もし強い光が

太陽と同じように内在するならば─
おのおのの時代はひとつのレンズとなる
円周を
大きくひろめながら─

（新倉編『ディキンスン詩集』20）

［酒本雅之訳］
詩人はランプを点火するだけで─
自分は─退場してしまう─
彼がかきたてる燈芯に
もしも太陽ほどの

いのちの火が宿っていれば─
それぞれの時代がレンズになって
明かりの及ぶ周域を
押し広げていく

（酒本 131-32）

［亀井俊介訳］
詩人はランプに火をともすだけ─
みずからは─消えていく─
詩人は芯をかき立てる─
もし生命（いのち）の光が

太陽さながら、そこに宿るなら─
それぞれの時代はレンズとなって
押しひろげます
円周を─　　　　　（亀井 145）

最初の問題は、4-5 行の "If vital Light / Inhere as do the Suns -" を仮定節とすると、3 行目の "The Wicks they stimulate" が統語上浮いてしまうことにある。これを何とか処理するために 3 人の訳者はそれぞれに苦心している。安藤訳は「彼らの刺激する芯─」と直訳しており、この一行だけ前後から完全に切り離している。原文を、感嘆を込めた体言止めと解釈しているのかもしれないが、それなら原文に感嘆詞、感嘆符があって然るべきだろう。酒本訳は "The Wicks they stimulate" を続く仮定節の一部と解しているが、これはたとえ詩であっても許されない文法的逸脱である。亀井訳は「詩人は芯をかき立てる─」とし、原文を倒置と解釈しているようだが、"The Wicks stimulate they" ならまだしも、"The Wicks they stimulate" というのは英語詩における倒置としてはいささかぶざまではないか。ディキンスンはそんな三流詩人ではないはずだ。第二の問題点は "as do the Suns" の意味するところである。3 人の翻訳者はいずれも「太陽が宿るように、命の光が宿るならば」と解釈していると考えられるが、「太陽が宿るように」というのは直喩としては、どう考えても論理的な意味をなさない。現在形の動詞 "do" が使われている以上、ランプすなわち詩に、現に「太陽が宿っている」ということになるからだ。酒本訳は「太陽ほどの」、亀井訳は「太陽さながら」とし、安藤訳の「太陽のように」というあからさまな（しかし文法的には正確な）直訳を避けている。両翻訳者とも原文の構造を不審に思いつつ、無理を承知で訳しているようだ。きわめつけは、訳文の「太陽」にあたるのが原文では "the Suns" であることだ。単複を区別しない日本語の「太陽」なら論理のほつれは見えにくくなるが、"as do the Suns" は意味を補って正確に訳せば「夜空に輝くすべての恒星が現に宿っているように」となる。ランプ（詩）に夜空の恒星が宿るとは、恐ろしく壮麗な

イメージであるが、いったいいかなる意味であろうか。最後に、ランプに「生命の光が宿るなら、それぞれの時代がレンズとなる」というのも、厳密に考えれば分かるように、論理的とは言いがたい。

　すべての間違いは単純な主語の取り違えから生じている。動詞 "Inhere" の主語は "vital Light" ではなく、"The Wicks" なのである。4 行目の "If vital Light" は、If the Light be vital を省略・倒置したもので、それだけで仮定節なのである。2 行目の "out" と押韻させるために "Light" を行末に移したがゆえに、主語の直後に動詞が続くと見誤り易い構造（"vital Light / Inhere"）が出来上がったのである。誤訳するのも無理はないと言いたいところだが、実は "Inhere" の主語が "The Wicks" であることは、もっとも初期のディキンスン研究書としてよく知られている 1960 年出版の *Emily Dickinson's Poetry: Stairway of Surprise* においてチャールズ・R・アンダソン（Charles R. Anderson）がすでに指摘している（Anderson 58）。さらに、2007 年刊のシャロン・レイター（Sharon Leiter）の *Critical Companion to Emily Dickinson* も、2010 年のヘレン・ヴェンドラー（Helen Vendler）の *Dickinson: Selected Poems and Commentaries* も同じ解釈を取っている（Leiter 192, Vendler 371）。英米詩の権威であるヴェンドラーの当該箇所を引用しておこう。

Their［The poets'］stimulating effect on other Wicks, however, continues after their death--if the Light the Wicks produce be "vital." If the Light is vital the poetry-Wicks "inhere"（stick, cling）Age after Age, as Suns do. Each Age becomes a Lens, which, both focusing and diffusing the Light, goes on, "disseminating"（aggrandizing）its total breadth out to light's Circumference（potentially the whole world）.

（Vendler 371）

inhere の語源はラテン語の *inhærēre* であるが、ヴェンドラーは
この詩ではラテン語の原義で用いられているとし、英語の stick
あるいは cling に相当するとしている。ウェブ版の *OED* は自動
詞 inhere を "To stick *in*; to be or remain fixed or lodged *in* something"
と定義し、稀にしか用いられない、あるいは既に用いられな
くなった語（廃語）としている。挙げられている例文は 1608
年から 1804 年までである。したがって、1860 年代にはこの意
味ではほぼ用いられていなかったとみてよいだろう。ディキ
ンスンの詩でもほかには "Not to discover weakness is"（F 1011 / J
1054）で用いられているだけである。

　3-5 行目の文法構造と "Inhere" の意味が確定したところで、
これを和訳すれば「彼らの刺激する芯は／もし光に命があるな
ら／恒星のように長くもつ」となる。これで文法上も語義上も
正しいはずであるが、さて、それではこの一文自体はいかなる
意味であろうか。

　告白すれば、筆者はこの段階まで来て、しばらく一歩も先に
進めなくなった。この一文の意味に皆目見当がつかなかったか
らだ。先の 3 人の翻訳者も、"Inhere" の主語が "The Wicks" で
ある可能性を、あるいは検討したのかもしれない。そして同じ
ようにこの一文の意味するところの不可解さに悩まされた挙
句、"Inhere" の主語を "vital Light" とする解釈に立ち戻ったのか
もしれない。

　この「彼らの刺激する芯は／もし光に命があるなら／恒星の
ように長くもつ」という命題は、実は 19 世紀の人々には不可
解でも何でもなかった。この一文は、電球発明以後の時代に生
きているわれわれが忘れてしまった身近な生活の智恵、すなわ
ちランプ（oil lamp）を長持ちさせる方法に言及しているので
ある。ランプの芯は調整次第で寿命が長くもなれば短くもなる。

芯を出し過ぎると燃焼過剰となって赤い炎と煙が出て、芯が傷む。反対に芯を引っ込め過ぎると、当然ながら発する光が弱い上に、毛細管現象で吸い上げられた燃料が燃えないまま固まって、これまた芯の寿命を縮める。その中間の燃焼効率が最大の位置に調整してやれば、白熱した強い光を発し、芯も長持ちするのである。「光に命があれば、芯は長くもつ」とはこのことを指しているのである。

　それはもちろん隠喩である。ランプすなわち詩が力強い光を発するなら、その詩は恒星のように長持ちする、と言っているのだ。そして詩の発する命ある光は、後続の人々の掲げるレンズによって次々に到達範囲を広げてゆく。それは単に読み継がれるだけでなく、新しい解釈あるいは異言語への翻訳によって読者を広げてゆくことだと言ってもいいだろう。そのような詩は、作者である詩人の命を超えて、はるかに長生きするのである。

　冒頭で既訳のあら探しをしたが、解釈にひと区切りついたところで、拙訳を掲げておくのがフェアというものであろう。

　詩人たちはランプに火を点じるだけ
　彼ら自身は、消えてしまう
　彼らの刺激する芯は
　もし光に命があるなら

　恒星のように長くもつ
　それぞれの時代はひとつのレンズとなり
　円周を
　散布する

最後に、少し前に戻って考えてみたいことがある。なぜディキンスンは平明な stick あるいは cling ではなく、「長くもつ」と

いう意味では当時でも廃語に近い inhere をあえて用いたのか、である。ディキンスンほどの詩人が何の考えもなく、このような特殊な言葉をわざわざ用いるはずがない。やや大胆な仮説かもしれないが、この動詞に詩人は "They are in here" を含意していると筆者は考えたい。すなわち冒頭2行で「詩人たちはランプに火を点じるだけ／彼ら自身は、消えてしまう」と言っておきながら、実は彼らは詩のなかに厳然と存在している、すなわち詩のなかで生きている、とディキンスンは示唆しているのだ。詩が放つ命ある光とはほかならぬ詩人たち自身なのだ。さらには "I am in here" も含意されているとすれば、ディキンスンは、この "The Poets light but Lamps -" で始まる詩のなかに自分は生きて存在している、と密かにほのめかしていることにもなる。この解釈にはいかなる証拠もないし、これからも出てこないだろうが、もし当たっているとすれば、エミリ・ディキンスンとは大胆この上なく、自信に満ちあふれた詩人である。

[再版時追記——筆者は現在ここに出てくるランプを、当時最新鋭の灯台で光源として用いられた巨大なオイル・ランプだと考えている。そう考えると「円周」（"Circumference"）の意味するところがよく分かる。後日、稿を改めて論じる。]

第3章

「弾を込められた銃」とは何か

——詩についての詩

F 764 / J 754

My Life had stood - a Loaded Gun -

In Corners - till a Day

The Owner passed - identified -

And carried Me away -

And now We roam in Sovereign Woods -

And now We hunt the Doe -

And every time I speak for Him

The Mountains straight reply -

And do I smile, such cordial light

Opon the Valley glow -

It is as a Vesuvian face

Had let it's pleasure through -

And when at Night - Our good Day done -

I guard My Master's Head -

'Tis better than the Eider Duck's

Deep Pillow - to have shared -

To foe of His - I'm deadly foe -

None stir the second time -

On whom I lay a Yellow Eye -

Or an emphatic Thumb -

Though I than He - may longer live

He longer must - than I -

For I have but the power to kill,

Without - the power to die -

私のそれまでの人生は弾を込められた銃だった
部屋の四隅に立て掛けられたまま、ある日
持ち主が前を通り、自分のものと認めて
連れ去るまで

そしていま至高の森をともにさまよい
そしていまともに雌鹿を狩る
私が主人のために語るたびに
山々がまっすぐ返事を返す

そして私が微笑めば、こんなにも暖かな光が
谷一面に輝く
それはヴェスヴィアスの顔が
喜びを噴出させたよう

そして夜は、われらがよき一日も終わり
私は主人の頭を守る
その方が、ふかふかの綿毛の枕を
ともにするよりすてきなのだ

主人の敵に対しては、私は死を与える敵

私が黄色い目を定め

力強い親指を置いた相手は

二度と立ち上がることはない

私の方がより長く生きるかもしれないが

彼の方がより長く生きねばならない

なぜなら私には殺す力はあっても

死ぬ力はないのだから

あまりに頭がよすぎるために、つい読者の頭の回り具合を試してみたくなる、ディキンスンにはそんな意地の悪い一面が確実にある。それを代表するのが、難解さで聞こえたこの詩である。20世紀の数々の研究者を翻弄してきた作品だが、英語はご覧のようにすこぶる平易である。若干の形容詞を除けば、解釈に苦しむ単語もない。論理の展開は別として、文法にも間然するところがない。しかしながら、いまだに決定的な解釈がない。ありとあらゆる解釈が提出されながら、誰をも納得させるような読みは存在しない。あまりに難解であるために、1980年代以降は、さまざまな批評理論や言語理論を動員した解釈も試みられている（例えば Freeman を参照のこと）。だが、筆者にはどれも徒労としか思えない。理由は簡単で、ディキンスンのほかのほとんどの作品が、そのような理論の助けなしで解釈できることを、過去半世紀の研究は証明しているからだ。そもそも、ディキンスン作品に限らず、最新の理論の助けなしには意味が開示されないような詩は、パブリックな価値を持つとは言えず、優れた文学とは呼べないだろう。

　風変わりなものの多いディキンスンの詩のなかでも、この詩

は一、二を争うほどに奇想天外な作品である。それはなにより、人間ならぬ"a Loaded Gun"（「弾を込められた銃」）が語り手であるからだ。動植物あるいは何らかの超自然的な存在が語るというのなら珍しくもないが、「銃」（ライフル銃）という無機的な機械が語るという趣向は、20世紀のSF小説や漫画の世界ならともかく、19世紀にあってはどれほど衝撃的であったことか、想像に難くない。

　もちろん読者は、少なからぬ驚愕から我に返れば、やがて、この「銃」が何かほかのものを表しているのではないか、とごく自然に疑い始めるだろう。そして、まず最初に、素直な読者の頭に浮かぶのは、〈「銃」である「私」＝女性である作者〉という図式であろう。実のところ「銃」である「私」の性別を明示するものはテクスト中には見つからないのだが、まずは作品中の「私」と作者を結び付けてしまうのは、抒情詩に相対した読者の自然な反応であろう。14行目で、「銃」である「私」は自分の所有者を「私の主人」（"My Master"）と呼んでいる。有名な"Master Letters"とディキンスンの伝記について何がしかを知る読者は、いっそうこの図式に自信を持ち、この詩を異性愛の物語として読もうとするだろう。第1連はふたりの出会いであり、「持ち主が前を通り、自分のものと認めて」（"The Owner passed - identified -"）という表現は、これが出会う前から定められた宿命の恋であるという過剰にロマンティックな解釈を誘発する。第2,3連では、ふたりはほかに誰もいない森をさまよいながら、互いに力を合わせて雌鹿を狩る。第4連は、ふたりで過ごす新婚初夜まがいの親密な夜となるだろう。第5連では「私」は主人への熱烈な忠誠を誓うというわけだ。最終第6連はこの詩のなかでも最も謎めいているが、異性愛の文脈においては、ロマン主義的な「愛の死」が暗示されていると一応は読める。随所に散りばめられた性的な暗示が、この異性愛的な解

釈を補強する。「連れ去る」と訳した4行目の "And carried Me away -" は、「そして私を恍惚とさせた」とも訳しうるし、11, 12行目の火山の噴火に喩えられる喜びの表出は、露骨過ぎるほど性的な連想を喚起する。

　しかしながら過剰にロマンティックな思い込みによってしか筋が通らないような解釈に、多少の疑念を感じる読者も少なくないだろう。第1連は、運命的な出会いという解釈とはまったく反対に、男の身勝手と気まぐれを表しているとも取れなくはない。また、そもそも愛し合う男と女を、狩猟者と銃という暗喩で語らねばならない必然性がない（Cameron 66を参照）。それどころか、この解釈は数々の矛盾を生じさせる。第一に、異性愛説をとれば、第1連ではひたすら受動的であった女が、第2連においては一転して主体性を引き受け、"I speak for Him"（「男のために語る」、「男を代弁する」）ということになる（恋が女を変えるという演歌的説明ではあまりに俗っぽい）。それに、狩猟において声（音）を発するのが「銃」であるのは当然としても、男女の関係において女が男の代弁をせねばならない必然性はない（その逆も同様）。第二に、前述の4行目や11, 12行目の性的な暗示に釣られて、第4連に男女の親密な交わりの暗示を見出したくなるわけだが、実のところ、「銃」である女は、主人と枕を共有するよりも、「主人の頭を守る」方がよいと言っている。昼間の猟においては主導的であった女が、夜には冒頭連と同じ控え目な存在に逆戻りしていることになる。それになぜ、男の体全体ではなく、「頭」を守らねばならないのかを異性愛説は説明できない。また、"Our good Day done"（「われらがよき一日も終わり」）という表現には、「充実しながらも別段変わりもなく穏やかな一日が終わった」というようなニュアンスがある。宿命的な出会いを果たし、情熱的な一日を一緒に過ごした恋人たちが初めての夜を迎える感慨としては、あまりに

物足らないだろう。第三に、最終連に関しても、異性愛説で読めば、愛する男が自分よりも長生きすることを一途に祈る「けなげな」女性像が浮かび上がってくるわけだが、これでは、この詩はあまりに陳腐で、安っぽいものになり下がりはしないか。

　結局のところ、「銃」を作者と見る解釈は挫折せざるをえない。1970年代半ば以降のディキンスン批評のほとんどは、〈Gun / Owner〉を〈女 / 男〉と見る異性愛説を放棄したところから新しい展望を開こうとした（マーガレット・H・フリーマン［Margaret H. Freeman］がその論文の後注で提供している便利な一覧表を参照のこと［Grabher 271］）。そのなかでも、おそらくもっとも先駆的で、かつ画期的だったのは、1976年にアドリエンヌ・リッチ（Adrienne Rich）が発表した論文 "Vesuvius at Home: The Power of Emily Dickinson" であった。この論文でリッチは次のように述べている──

　　Here the poet sees herself as split, not between anything so simple as "masculine" and "feminine" identity but between the hunter, admittedly masculine, but also a human person, an active, willing being, and the gun−an object, condemned to remain inactive until the hunter−the *owner*−takes possession of it.　　　　（Rich 112）

女性である詩人が「銃」と「所有者・猟師」の間で引き裂かれているとしている。言い換えれば、「所有者・猟師」は、"he" と呼ばれながらも、女性である作者の半面を表しているのである。翌1977年発表されたアルバート・ジェルピ（Albert Gelpi）の論文 "Emily Dickinson and the Deerslayer: The Dilemma of the Woman Poet in America" は、基本的にリッチと同じ図式を採用し、「所有者・猟師」を「女性の心の男性的な側面」（"'masculine' aspect of the woman's psyche"）すなわちユングのアニムス（animus）と

同定している。1984 年のヴィヴィアン・ポラック（Vivian R. Pollak）の研究書 *Dickinson: The Anxiety of Gender* は、おそらくリッチとジェルピの方向性を継承しながら、それを精神分析的なアプローチによって深化させようという試みだが、自分の解釈による最終連の意味について「この結論は上出来とは言えない」（"This conclusion is not a pretty one,..."［Pollak 154］）と正直に述べているように、痛快な解答を出しているとは言い難い。しかしながら、この 3 人は、「銃」だけではなく「所有者」も作者のパーソナリティーを共有しているという路線を諦めずに追究した点が重要である。なぜなら、彼らは、次に述べる、「銃」ではなくむしろ「所有者」が作者であるという、異性愛説とは正反対の解釈への道を準備したと言えるからだ。

　よいクイズとは、一方から攻め続けてもまったく解けないが、別の方向から近づくと、あっさりと自ら答えを開示するようなクイズである。そういう別のアプローチの可能性を示してくれたのが、デイヴィッド・ポーター（David Porter）の *Dickinson: The Modern Idiom* である。ポーターは、この詩の語り手は「言語そのもの」であると看破する──

The language of poetry speaks here on its own behalf.　（Porter 216）

　ここでは詩の言語が自分自身のために語っている。

すなわち、「銃」は「言語」なのだ。あるいは「詩」と呼んでもよい。その「所有者」とはすなわち詩人であり、狩猟は詩作という詩人の日々の営為を表すと考えるのだ。これはまさしくコペルニクス的転回であった。ポーターと同じ路線を継承するエリザベス・フィリップス（Elizabeth Phillips）は、1988 年刊の研究書 *Emily Dickinson: Personae and Performance* において "Gun" を

"Word" と見なしている。彼女独自の貢献は、最終連の "power" を "art" とする異文（variant）があることに注目し、「"power" と "art" が互換可能であることは、詩人が "gun" と "word" の類似を手玉に取っていることを証拠立てる」（"The exchange of the words *power* and *art* confirms the play with the resemblance between *gun* and *word*."［Phillips 210］）という卓見によってポーター説を補強していることにある。ただ、ポーター自身に戻れば、「意味は、詩が言っていることのなかではなく、それが排除しているもののなかにある」（"Significance rests not in what the poem says but in what it leaves out,..."［Porter 217］）と述べて、意味のさらなる分析に踏み込んではいない。ポーターに敢えて逆らうが、筆者は、やはり「意味は詩のなかにある」と考える。これもまた理由は単純である。ディキンスンのほかのほとんどの作品が、意味を内包しているという前提で、十分理解可能だからである。

　〈「銃」＝「詩」〉というポーターの視点に立てば、異性愛説が生み出した矛盾の多くが次々に消え失せる。まず第2連の「私が主人のために語る」（"I speak for Him"）は、詩（作品）が作者を代弁するという、ごく自明の事実を言っているに過ぎなくなる（ポスト構造主義的な茶々を入れてはならない）。したがって、リッチやジェルピが主張するように「銃」である「詩」が、作者である女性の能動的な意志や創造力、あるいはアニムスを表現しているのは当然である。また、詩作を森のなかでの狩猟に喩えるのは、かなり特異な比喩ではあろうが、ここで我々は、ディキンスンが "I dwell in Possibility -"（F 466 / J 657）において、詩の世界を散文に対峙させて、ヒマラヤ杉（"Cedars"）の生い茂る森に喩えていたことを思い出す――

I dwell in Possibility -　　　　　　　私は可能性の中に住んでいる

A fairer House than Prose -　　　　　散文よりも美しい家で

More numerous of Windows -	窓もずっと多く
Superior - for Doors -	ドアもすぐれている
Of Chambers as the Cedars -	部屋はヒマラヤ杉のようで
Impregnable of eye -	目も侵すことができない
And for an everlasting Roof	永遠の屋根の代わりに
The Gambrels of the Sky -	大空という切妻屋根
Of Visitors - the fairest -	訪問者は美しい人々だけ
For Occupation - This -	私の仕事はこれ
The spreading wide my narrow Hands	この小さな両の掌を広げて
To gather Paradise -	天国を集めること

さらに異性愛説では不可解に思えた「森」を形容する "Sovereign"（「至高の」）も、それがディキンスンにとっての「絶対的な」存在である「詩の世界」あるいは「想像力の世界」を修飾するのだとすれば、一転して、これ以上はない相応しい形容辞に見えてくる。第3連の性的な悦楽を連想させる表現について言えば、得がたい霊感に恵まれ、珠玉のごとき詩句をものした瞬間に詩人を襲う法悦に言及していると考えればよい。やはり「詩についての詩」である "I held a Jewel in my fingers -"（F 261 / J 245）は、これとは反対に、一度は自分のものにしながら、書き留めるのを怠ったがゆえに失った（忘却した）詩句を惜しむ作品であった。

　第4連の「われがよき一日も終わり」も、難なく説明される。いかに優れた詩句を得た実り多き一日であるにせよ、隠遁の詩人にとって、それは外面的には変哲もない平凡な一日であったからである。同じ連の「私は主人の頭を守る」についての疑問も氷解する。まず「詩」にとって詩人が「主人」であることは

自明である（「作者の死」を云々するべからず）。なぜ「銃」としての詩が枕元で詩人の「頭」を守るのか。それは、多くの作家同様、ディキンスンがその日書き留めた詩稿を枕元の小机にでも置き、いつでも思いついた時に手を入れる習慣を持っていたからであろう。前述の "I held a Jewel in my fingers -" は、これとは反対に、浮かんだ詩句を書き留めることなく寝たために招いた失敗を主題とした詩であった。主人の体のうちでもとりわけ「頭」を守るのは、それが詩の生まれた「場所」だからである。我々は 15, 16 行目の "'Tis better than the Eider Duck's / Deep Pillow - to have shared -"（「その方がふかふかした綿毛の枕を／ともにするよりすてきなのだ」）によって惑わされ、かえって「銃」と主人の性的関係を勘ぐり、その結果「銃」の正体を捉え損ねたわけだが、この二行は、生真面目な読者を引っ掛けるためにディキンスンが仕掛けた意地の悪い罠であるように思えてならない。

　以上はポーターの大転回によって論理的に導き出されてくる解釈である。しかし、「銃」をたんに「詩」と見なしただけでは克服できない障害が依然として残る。冒頭第 1 連と、これまでどの読者にとっても最も厄介な存在であった末尾の第 6 連である。

　まず第 1 連から検討しよう。この詩が「詩についての詩」であるならば、ここでは詩は自らの誕生について語るべきはずだが、"My Life had stood a Loaded Gun -" という表現は、誕生から既に一定の時間が経過していることを示している（過去完了形に注意）。詩はもう生まれてしまっている。これでは、詩作についての詩にはなりえないのではないか。また、なぜ所有者である作者はその詩を部屋の隅に放置し、そして、なぜそれを再び取り上げて「自分のものと認め」ねばならないのか。まったく不可解である。あまりに不可解であるために、〈「銃」＝「詩」〉

という、第2-5連をあれほどうまく説明してくれた得がたい図式を放棄したくなる。だが、この袋小路にもひとつだけ抜け道があるように思える。つまり、この「銃」である「詩」を完成された詩と見なさないことだ。この「銃」は推敲途上の詩（a poem in the process of being revised [in a revisionary process]）のことである。

　詩人は、以前に書き留めた詩稿を完成させられぬまま、しばらくの間放置した。作家にはよくあることであろう。弾を込められたまま使ってもらえぬ「銃」とは、可能性（力）を秘めたまま、未だ完成に到らぬ作品のことである。こう解釈すると、部屋に閉じこもって詩作に没頭する詩人の姿が、目蓋の裏にありありと浮かび上がってはこないだろうか。部屋の隅（"corners"）には書き物机や椅子が置かれている。書き留めた詩の初稿を手に、詩人が考えに耽りながら部屋のなかをゆっくり歩いている。いいアイデアが浮かぶと隅の椅子に腰掛けて原稿に手を入れ、そしてまた部屋のなかを行き来し始める。ある段階まで推敲しても納得のいかないものは、後日考えることにして、とりあえず部屋の隅の机や椅子の上にほかの原稿とともに置いておくのだが、時にはそのことをすっかり忘れてしまうこともある。何日も経ってからその詩を手に取り、すっかり忘れていた自分に少し呆れながらも、再び推敲に取り掛かるのだ。

　このように解釈すると、この詩は、明らかに詩の推敲のことについて語っているもうひとつの「詩についての詩」と非常によく似た作品に見えてくる――

F 1243 / J 1126

Shall I take thee, the Poet said　　　　　　お前を採用しようか？　と詩人が
To the propounded word?　　　　　　　　　候補に挙げられた言葉に言った

Be stationed with the Candidates	もっと仔細に検討するまで
Till I have finer tried -	ほかの候補者と一緒に待ちなさい

The Poet searched Philology	詩人は言語学を調べた
And was about to ring	そして待たせてあった候補を
For the suspended Candidate	呼びにやろうとしたとき
There came unsummoned in -	招かざる言葉が入ってきた
That portion of the Vision	ヴィジョンのその部分を
The Word applied to fill	満たすことをその言葉は志願した
Not unto nomination	智天使が啓示する
The Cherubim reveal -	指名に従ったのではなかった

　残る難関は、これまで多くの読者の躓きの石であった最終連である——

Though I than He - may longer live	
He longer must - than I -	
For I have but the power to kill,	
Without - the power to die -	

私の方がより長く生きるかもしれないが
彼の方がより長く生きねばならない
なぜなら私には殺す力はあっても
死ぬ力はないのだから

　まず、一見論理的な矛盾に見える 1, 2 行目である。"may" と "must" を両方とも推量と取るとまったく意味を成さないから、"must" が「必然」を表すことにはやがて誰でも思い至るだろう。そしてこれを、自然の成り行きでは「私」が「彼」より長く生

きるだろうが、「私」の強い願望としては「彼」の方により長く生きて欲しい、というふうに解釈してはどうだろうか。3, 4行目は「銃」も「詩」もいずれもモノであるから、殺す力はあっても自ら死ぬ力はないというふうに了解可能だろう。もちろん、詩の「殺す力」という場合には、銃の殺傷力とは違って、あくまで暗喩的な意味となる。問題は、理由を表す接続詞 "For" によって、3, 4行目が1, 2行目の理由を説明している論理構造である。「私には死ぬ力がない」ことが、なぜ「彼の方がより長く生きねばならない」理由となるのか。これを言い換えれば、〈推敲途上の詩〉に死ぬ力がないことが、なぜ詩人が〈推敲途上の詩〉より長く生きなければならない理由となりうるのか。

　これは第1連を上回る出口なしの行き止まりに見える。因果関係をめぐっていくら頭をひねっても、ますますわけが分からなくなるばかりである。だが、私見では、ここでもやや強引ながら理解の仕方がひとつだけあるように思われる。すなわち、殺す力はあっても死ぬ力はないと嘆く「私」は、実は、自分を殺してくれ、と「彼」に懇願しているのではないか。そうすれば結果として「彼」は、「私」の強い願い通り、「私」より長く生きることになる。「私」は〈推敲途上の詩〉であるから、これは詩が作者に殺してくれるように求めていることを意味する。しかし、これを、詩自らが「没にしてくれ」と懇願している、と解してはならないだろう。〈推敲途上の詩〉は、今の自分を殺して（書き直して）、新しい命を吹き込んでくれるように詩人に求めているのだ。詩は推敲の手が入るたびに「死に」、そして手直しされるたびに新たに「生まれる」のだから。

　狩猟の暗喩の延長線上で、推敲作業にも生死の暗喩が持ち込まれたために、きわめて難解なエンディングになったわけだが、ディキンスンは詩作の成否を自分自身の存在意義に関わる問題として捉えていたということでもある。

第４章

エミリの詩の工房
──〈推敲途上の詩〉を話者とする作品３篇

エミリ・ディキンスン研究は、ほかのどんな詩人の研究にも劣らず盛況である。草稿、伝記、歴史、文化史、ジェンダー、人種、階級など、あらゆる角度からさまざまなアプローチが実践されている。しかしながら、強調するまでもなく、彼女の遺した詩のテクストこそは、無尽蔵の金鉱である。この章では、詩作行為自体を主題とする３篇の詩の読解から、彼女の詩作の実際（詩の工房の風景）について、どれほどの情報を引き出し得るか、試みてみたい。

1

従来、ディキンスンの詩における一人称の話者を作者自身とすることに疑義を呈するような研究は、ほとんどなされてこなかった。実際、大半の作品は、一人称の話者とディキンスン自身を同一視しても、何の問題もなく解釈できる。しかしながら、話者を作者と同定することに、はたまた人間と仮定することにさえ困難を感じる作品が、少数ながら存在する。そのような作品の代表格が、有名な「私のそれまでの人生は弾を込められた銃だった」（"My Life had stood - a Loaded Gun -"［F 764 / J 754］）である。筆者は、前章において、話者を言語あるいは詩自身であるとするデイヴィッド・ポーターの画期的な説を一歩進めて、話者を〈推敲途上の詩〉として、この詩の新しい解釈を提案した。〈推敲途上の詩〉に語らせるというのは、かなり特異

な発想である。もし、ディキンスンの作品中に同工異曲の作品がまったく存在しなければ、この解釈は十分な説得力を欠くと批判されても仕方ない。しかしながら、同じく話者が自分自身に言及する際に、「私の人生」（ないし「私の命」。原語では "my life"）という言い方を用いる作品のなかに、次のような詩を見出すことができる。

F 330 / J 273

He put the Belt around my life -
I heard the Buckle snap -
And turned away, imperial,
My Lifetime folding up -
Deliberate, as a Duke would do
A Kingdom's Title Deed -
Henceforth - a Dedicated sort -
A Member of the Cloud -

Yet not too far to come at call -
And do the little Toils
That make the Circuit of the Rest -
And deal occasional smiles
To lives that stoop to notice mine -
And kindly ask it in -
Whose invitation, know you not
For Whom I must decline?

彼は私の命のまわりにベルトを巻き
私はバックルがパチンと鳴るのを聞いた

皇帝のように背を向けた
　　彼は私の一生涯を折り畳んだ
　　君主が王国の権利証書を
　　折り畳むときのように入念に
　　これ以降は、仕事に身を捧げる種類の人、
　　雲の一員

　　しかし、呼んでも来られないほど遠くはない
　　そうしてやって来ては、小さな骨折り仕事をする
　　それらの仕事が残りの部分の迂回路をつなぎ
　　ときおり微笑を配る、
　　私の命に気づき、こっちに来ないかと
　　かがみ込んでいる命たちに。
　　その誘いを私が誰のために断らねばならないか
　　あなたご存知ですよね

　話者を作者と同じ女性と仮定し、この詩を恋愛詩として読んだ
場合、「彼」の行動とそれに対する「私」の反応が、"My Life
had stood - a Loaded Gun -" と同様に、あるいはそれ以上に、不
可解なものとなることは、説明するまでもなくお分かり頂ける
と思う。
　話者が「詩」それも〈推敲途上の詩〉であると仮定して読ん
でみよう。恋愛詩として読んだ場合には、女性である「私」が
「彼」によって不可解にも折り畳まれるということになるが、
もし「私」が紙に書かれた「詩」であるとするならば、そのよ
うな不可解さは直ちに霧散する。詩が「王国の権利証書」に喩
えられるのは、それが詩人であることの証明書であり、ほかの
何よりも大切だからだ。詩人である「彼」は「私」の体にバッ
クルつきのベルトを巻くのだが、これは、書いた詩を折り畳み、

ベルト状のもの（ファシクルを綴じるのに使われた糸かもしれない）を巻きつけて保管しておく習慣がディキンスンにあったと想像すれば理解し易い。折り畳む行為とベルトを巻く行為の順序が逆になっているが、これは、1行目によりインパクトの強い表現を置くためであり、また、押韻上の要請であると考えたい。ところで、ディキンスンは、詩人である「彼」の背後に潜み、彼女が愛読したジョージ・エリオットのように、ジェンダーを詐称していることになるが、これも "My Life had stood - a Loaded Gun -" の場合と同じである。

　詩人は書いた詩をいったん畳んでどこかにしまっておき、「これ以降は、仕事に身を捧げる種類の人、／雲の一員」となる。これはディキンスンに即して言えば、しぶしぶ詩作を中断し、掃除・洗濯・料理等の家事仕事に戻るということであろう。当時は女性の仕事と決まっていた家庭内の雑事に勤しむ人を「仕事に身を捧げる種類の人」（"a Dedicated sort"）と呼んでいるわけだが、ここには父権制社会とピューリタンの勤勉道徳に向けられた皮肉な眼差しが感じられる。

　詩人は家事をするために自室を出るが、「彼」がいる場所は「呼んでも来られないほど遠くはない」。これは、ディキンスンの日常の行動範囲を想起させる。詩人は「詩」に呼ばれて自室に戻り、「小さな骨折り仕事をする」。これは言うまでもなく、短い自由な時間を利用して、書きかけの詩に手を入れることである。「それらの仕事が残りの部分の迂回路をつなぎ」とは、推敲作業によって、未完成だった部分に意味と音韻の有機的なつながりを作り出すことだ。難解なのは、「それらの仕事が」、「ときおり微笑を配る、／私の命に気づき、こっちに来ないかと／かがみ込んでいる命たちに。」（"And deal occasional smiles / To lives that stoop to notice mine - / And kindly ask it in -"）という箇所である。まず、「私の命」は現在推敲中の詩のことであるか

ら、「命たち」("lives") とは、さらなる推敲を待っているほか
の詩のことである。ということは、複数の詩稿が箱か何かに一
緒に入れてあるのだろう（この詩稿を保管する「箱」について
は、続く2節、第3節で詳しく述べる）。それなら、「こっちに
来ないかと／かがみ込んでいる」とはどういうことか。これも
かなり厄介だが、新参の未完成の詩のなかにすぐれた詩句を見
つけ出した古参の詩稿たちが、その詩句に向かって自分のなか
に移ってこないかと競って誘いをかけている、と考えたらどう
だろうか。「ときおり微笑を配る」とは、詩人がその様子を見
て、ほかの詩稿たちをやんわりと叱責しているのだ。こう解釈
すると、なかなかに凝った擬人表現であることが分かる。締め
括りの2行のなかの「あなた」は、この詩の「想定された読者」
と考えればよいが、だとすれば、このエンディングもおそろし
く洒落ている。最後に、この詩では作者ディキンスンは自分自
身を「皇帝」（あるいは「王」。原文では "imperial"）になぞら
えている。ふだんは過度に謙遜する癖のあるディキンスンにし
ては、柄にもなくいささか不遜に見える。しかし、一方で、彼
女の詩には、自分を「女王」("Queen") に比しているものも見
られることを思い出して頂きたい（F 256 / J 285, F 347 / J 348, F
353 / J 508 など多数）。

2

次の詩も、まずは誰もが恋愛詩として読もうとする作品である。
われわれはごく自然に話者である「私」を女性である作者と同
一視し、死に行く「あなた」を「私」の恋愛対象（多くの場合、
男性）と考えるだろう。実際、この作品はそのような恋愛詩の
型と約束事を意識的に（あるいは意地悪く）踏襲しているよう
に見える。しかしながら、そのような読みが随所で行き詰まり、

第4章　エミリの詩の工房　51

全体として茫漠とした感じが残ることに、注意深い読者なら気
づくだろう。

F 762 / J 648

Promise This - When You be Dying -

Some shall summon Me -

Mine belong Your latest Sighing -

Mine - to Belt Your Eye -

Not with Coins - though they be Minted

From An Emperor's Hand -

Be my lips - the only Buckle

Your low Eyes - demand -

Mine to stay - when all have wandered -

To devise once more

If the Life be too surrendered -

Life of Mine - restore -

Poured like this - My Whole Libation -

Just that You should see

Bliss of Death - Life's Bliss extol thro'

Imitating You -

Mine - to guard Your Narrow Precinct -

To seduce the Sun

Longest on Your South, to linger,

Largest Dews of Morn

To demand, in Your low favor -

Lest the Jealous Grass

Greener lean - Or fonder cluster

Round some other face -

Mine to supplicate Madonna -

If Madonna be

Could behold so far a Creature -

Christ - omitted - Me -

Just to follow Your dear feature -

Ne'er so far behind -

For My Heaven -

Had I not been

Most enough - denied?

こう約束してください、あなたが死ぬとき
だれかを呼びにやると。
あなたの最期の吐息は私のもの
あなたの目にベルトを巻くのも私の役割

コインのベルトではない。たとえそれが
皇帝が手ずから鋳造したものであっても。
私の唇こそ、あなたの謙虚な目が
求めるただ一つのバックル

みながさ迷うとき留まるのは私の権利
もう一度、命が引き渡されるかどうか

第4章　エミリの詩の工房　53

私の命が回復可能かどうかを
工夫してみることは

私の神酒のすべてがこのように注がれる
それはただ、あなたを写し取ることで
死の至福が生の至福を褒めそやすのを
あなたに見てもらうため

あなたの小さな選挙区を守るのは私の権利。
太陽を誘惑し
あなたの南面の土地に誰よりも長く留まり
最も大きな朝露を要求することは

あなたの覚えは悪くとも、私の権利
嫉妬深い草が
他の誰かの顔に
より緑濃く、より愛情深く群がらないように

聖母に嘆願するのは私の権利
もし聖母がおられるなら、その目には
かくも遠く離れた者も見えるだろう
キリストは私を除外したけれども

あなたの愛しい容貌の後を
そんなに遅れずに追うのは私の権利
というのも、私はこれまで私の天国を
拒まれてきたが
それももう十分ではないだろうか

異性愛の詩として読むとすれば、これは、熱烈に愛しながらも何らかの事情でその愛を成就できなかった女が、男の臨終の際には、彼を誰よりも愛している自分にこそ最期を看取る（死者の目を閉じ、最後のキスをする）権利があるのだ、と主張している詩ということになる（実のところ、この詩では、「あなた」の性別は明示されないのだが）。おそろしく自信たっぷりの女性像が浮かび上がってくる。少なくとも第1, 2連だけなら、そのような解釈であまり大きな破綻は生じない。しかし、第4連の「それはただ、あなたを写し取ることで／死の至福が生の至福を褒めそやすのを／あなたに見てもらうため」などは、どう理解したらよいのであろうか。臨終に際して、女が男を「写し取る」とはいかなることか。なぜそうすることで「死の至福が生の至福を褒めそやす」ことができるのか。第5連に関しても、「あなたの南面の土地に誰よりも長く留まり」は、恋愛詩だとすれば、いったいいかなる意味になるのか。最後に、末尾の3行「というのも、私はこれまで私の天国を／拒まれてきたが／それももう十分ではないだろうか」のなかの「天国」は、最期の瞬間における愛の成就（おそらくは、男の口から「本当は君を愛していた」という告白を引き出すこと）を指している、ということに論理的にはなるだろう。ところが、一方で、第6連1行目にあるように、「私」は「あなたの覚えが悪い」（"in Your low favor"）ことを自覚しているのである。男の「覚えが悪い」ことを知りながらも、最期の瞬間に自分への愛を告白させようとする女の行為は、独りよがりを通り越して、ほとんど理不尽と呼ぶべきだろう。恋愛詩説は、この矛盾をいかに克服するのだろうか。

　それでは、「私」を〈推敲途上の詩〉、そして「あなた」を詩の作者として、この詩を読み直すといったいどういうことになるのか。まず、この〈推敲途上の詩〉は、長らく手を入れられ

ぬまま放置されている、と取れる（これは前述の "My Life had stood - a Loaded Gun -" の冒頭と同じ状況である）。この未完の詩は、もし死期を悟った時には、死ぬ前に必ず自分を完成させてくれと作者に約束させようとしている。すなわち、死の床で未完の詩稿を手に取り、最後の気力を振り絞って推敲し、完成させてくれと懇願しているのだ。この懇願をけっして独りよがりだとか、理不尽だとか呼ぶことはできない。なにしろ完成されなければ、この詩もまた未完の作品として、作者とともに「死んで」しまうからだ。「最期の吐息」（"Your latest Sighing"）は、推敲の際に作者が口に出してつぶやく詩句を指している。詩は作者の最後の言語行為を我がものとしようとしているのだ。「あなたの目にベルトを巻くのも私の役割」と「私の唇こそ、あなたの謙虚な目が／求めるただ一つのバックル」という詩行（またしても「ベルト」と「バックル」が登場する）では、虫の息で詩を完成させた詩人の手から詩稿が舞い落ち、こと切れた詩人の顔を覆う様子が想像されていると考えよう。第3連1行目「みながさ迷うとき留まるのは私の権利」は、未完成の「私」は完成するまで作者のもとに留まらねばならないが、ほかの完成された、すなわち、独自の命を与えられた詩はおのが道を自由に歩めるということではないか。同じ連の「もう一度、命が引き渡されるかどうか／私の命が回復可能かどうかを／工夫してみる」は、作者によって詩に命が吹き入れられるかどうかを、詩の側でもう一度「工夫してみる」ということだろう。第4連も同様に、詩が「あなたを写し取る」は、言葉に生きる作者の命の一部を、詩が臨終の直前に言葉によって写し取ることだと考えられる。そうすることで、詩の「生の至福」（誕生の至福）が、作者の「死の至福」によって称えられる（「褒めそやされる」）ことになる。第5, 6連は、この解釈でもなお手ごわいが、「あなたの小さな選挙区を守るのは私の権利」と主張する詩は、

成長のために日光と朝露を必要とする植物のように見える。ならば、この死に瀕している詩人のベッドが（ということは、作者自身のベッドが）南面する窓際にあると考えればよいのではないか。瀕死の詩人による推敲作業によって、この未完成の詩は、植物が太陽を浴び、朝露を吸収して育つようにして、一人前の詩へと成長するのである。

　第6連の「嫉妬深い草が／他の誰かの顔に／より緑濃く、より愛情深く群がらないように」は、残念ながら、いまひとつすっきりと理解できない。「嫉妬深い草」は、まず間違いなく、推敲を待っているほかの未完成の詩稿たちのことだが、「他の誰かの顔に」（"Round some other face -"）が分からない。もし、これが「あなたの顔に」（"Round your face"）なら、何の問題もないのだが。

　最終連の1, 2行目の「あなたの愛しい容貌の後を／そんなに遅れずに追うのは私の権利」は「あなたを写し取る」と同様の意味であろう。最終連末尾の3行「というのも、私はこれまで私の天国を／拒まれてきたが／それももう十分ではないだろうか」は、これまで推敲途中のまま、すなわち未完成のまま、十分長い間放置されてきたのだから、もうそろそろ書き上げてもらってもよいではないか、という詩の側がもらす不平のようにも聞こえる。その場合、「私の天国」は作品の完成を暗示するが、ディキンスンのこの種の作品の場合、ある具体的な「もの」を指している可能性がある。いささか唐突に響くかも知れないが、この「天国」とはディキンスンが完成した詩稿を入れておくために使っている「箱」のようなものだと考えたい。だとすれば、当該の未完成の詩が入れられている「箱」も別にあるはずだが、それは「墓」（"Grave"）と呼ばれている可能性が高い。だが、この問題は次の3番目の詩を論じる際に取り上げよう。

　このように、話者を〈推敲途上の詩〉とした場合、恋愛詩と

して見た場合よりも、細部の不可解さの多くが消え失せる（ただし、第7連だけは未だ読解不能である）。そして、その場合、われわれは同時に、「あなた」を作者である詩人エミリ・ディキンスンと見なすわけだが、そう考えると第2連の「あなたの謙虚な目」("Your low Eyes")と第5連の「あなたの小さな選挙区」("Your Narrow Precinct")という表現にはじめて合点がゆく。なぜなら、自分自身に言及するときに、"low"とか "narrow" といった形容詞を用いて卑下するのはディキンスンの習癖だからだ。

3

次の詩は、今回取り上げるなかでもっとも難解である。ディキンスンの全作品中でも屈指の難しさではないかと思う。話者である「私」を作者（女性）と仮定して読んだ場合に、上で論じた2篇の詩と同様、随所に理解不能の箇所が出てくる。そればかりか、この作品には「私」の恋愛対象となるような男も登場しないから、恋愛詩でないことも確実である。「私」のほかに出てくるのは正体不明のひとりの女である。

F 394 / J 588

I cried at Pity - not at Pain -

I heard a Woman say

"Poor Child" - and something in her voice

Convinced myself of me -

So long I fainted, to myself

It seemed the common way,

And Health, and Laughter, curious things -

To look at, like a Toy -

To sometimes hear "Rich people" buy -
And see the Parcel rolled -
And carried, we suppose - to Heaven,
For children, made of Gold -

But not to touch, or wish for,
Or think of, with a sigh -
And so and so - had been to us,
Had God willed differently.

I wish I knew that Woman's name -
So when she comes this way,
To hold my life, and hold my ears
For fear I hear her say

She's "sorry I am dead" - again -
Just when the Grave and I -
Have sobbed ourselves almost to sleep,
Our only Lullaby -

苦しみではなく、憐れみを受けて私は泣いた
私は一人の女が言うのを聞いた、
「可哀想な子」と。そして、その声の調子が
私自身に、私が何者であるかを確信させた

私は長い間気絶していたから、私自身には
それが普通のことに思えた、

健康と笑いと好奇心にあふれた物たちを
玩具のように眺めることが。

「豊かな人々」が買物するのを聞き
その包みが転がされ、黄金で出来た
子供たちのために、おそらくは
天国まで運ばれるのを見ることが。

しかし触れることも、望むことも
ため息まじりに思うこともできない
そして、神の御心が違っていれば
誰それは私たちのもとに送られていただろう

あの女の名を知ってさえいればと思う
彼女がこっちにやって来たときに
命を止め、耳を止めることができるように。
彼女が再びこう言うのが私は怖い、

「あら死んだのね、可哀想に」と。
墓と私が、自分たちの啜り泣きを
ただ一つの子守唄に
寝入ろうとしたそのときに

　この詩は恋愛詩として読めないだけでなく、ディキンスン得意
の葬儀空想の詩として読むこともできない。自分の死を空想す
る作品とした場合、ここに登場する女は弔問客のひとりという
ことになるが、第1連の「可哀想な子」だとか、最終連の「あ
ら死んだのね、可哀想に」は、友人知人の死を悼む言葉として
はあまりに軽い。それに、この女はどうやら何度もやって来て

は「私」を憐れんでいるようである。そして「私」は憐れみの言葉を掛けられることを嫌悪しているにもかかわらず、この女に言い返すだけの勇気あるいは能力を持ち合わせていない。それにもっと奇妙なのは、「私」を何度も訪ねて来るにもかかわらず、「私」はこの女の名前を知らないのだ。きわめつけは、「私」は「健康と笑いと好奇心にあふれた物たちを／玩具のように眺めること」（第2連）はできても、この女の到来を「耳」でしか知ることができないことである。「私」が人間でないことは疑い得ない。

　さて、例によって「私」を〈推敲途上の詩〉として読んだ場合、この不可解きわまりない詩はどのようなものに見えてくるだろうか。まず、この詩の舞台は上の2篇と同じ、詩人の自室ということになる。詩人の詩の工房である。しかし、ここに登場する女は、明らかにこの詩の作者ではない。この〈推敲途上の詩〉を目にして発する感想が、あまりに傍観者的だからだ。だが、人に会うのが苦手な詩人（ディキンスン）の部屋に入ることができるのであるから、この女は詩人と相当に親しい仲だと考えられる。ただ、いかに親しくとも、詩人の部屋に厚かましくも無断で入り込んで、書きかけの詩稿を読めるはずはない。この詩では直接言及されないが、いまこの部屋に詩人も立ち会っているのだろう。「私」は〈推敲途上の詩〉のひとつであるが、女の発する言葉からして、どうもそのなかでも出来の悪い、完成の見込みのあまりない詩のようである。第1連4行目の「私自身に、私が何者であるかを確信させた」（"Convinced myself - of me -"）は、女の「声の調子」から、「私」も自分が出来の悪い作品であることを確信した、ということだろう。第2-4連をひとまずおいて、第5連を見よう。別の日に女がやって来ることを未完成の詩たる「私」は怖れている。しかし、名前を知らないために、彼女が部屋に入って来ても、事前に「命を止める」

（息をひそめる）ことも、「耳を止める」（耳を塞ぐ）こともできない。作者がその場にいるにもかかわらず、訪問してきた女の名前が呼ばれるのを「私」が聞いたことがないというのは、作者がこの訪問者をけっして名前で呼ぶことがない、ということになろう。ニューイングランドとはいえ、アメリカにおける親しい者同士の関係としては、考えにくいことである。どういう理由かは不明だが、いずれにせよ、話者である詩は「あの女の名を知ってさえいればと思う」。しかし、「墓と私が、自分たちの嗚り泣きを／ただ一つの子守唄に／寝入ろうとしたそのときに」、件の女がやって来て、「『あら死んだのね、可哀想に』と」、再び出来の悪い詩に憐れみをかけ、詩の方ではまたしても打ちひしがれる、というわけだ。

　この場合の「墓」が問題であるが、これを推敲途上の、出来の悪い詩稿を収めておく箱か何かと考えたらどうであろうか。2番目に取り上げた詩では、「天国」を、完成した詩を保管しておく箱のようなものと考えたが、見込みのない未完の詩は、反対に「墓」と呼ばれる箱に入れてあるのだ。正体不明の女は、推敲中の詩である「私」が、「墓」（"Grave"）と書かれた箱に入っているのを見て取って、憐れんでいるのだ。いささか大胆な推測だとは思うが、こう考えると随所で辻褄が合ってくる。例えば、第3連の「天国」を、完成された詩稿を入れておく箱だと見なすことができるのだ。

　まず、先行する第2連では、女の言葉に打ちひしがれ、「長い間気絶していた」私が、「健康と笑いと好奇心にあふれた物たち」を、あたかも貧しい子供が金持ちの子供の「玩具」を見るような目で眺めている。打ちひしがれた「私」は、精神的に落ち込んでいるのだ。おそらくは、あらゆることに意欲を失った抑鬱状態にあり、したがって「健康と笑いと好奇心にあふれた物たち」が羨ましく見えるのだ。「長い間気絶していた」は

意図的な婉曲表現だろう。一方、この健康な「物たち」とは、すでに立派に書き上げられた「詩稿たち」にほかならない。そう解釈すれば、厄介な第3,4連の意味もおぼろげながら見えてきそうだ。すなわち、これらふたつの連ではクリスマスの楽しい買物が比喩として用いられていると考えたらどうか。いつまでも未完成のまま放置された詩は、おのが不運を、クリスマスに贈物（玩具）をもらえぬ貧しい家庭の子供になぞらえているのだ。「豊かな人々」、「金色の子供たち」は、おそらくは健康な詩たちを指すのであり、「天国」に運ばれるとは、完成した詩稿を収める「箱」に無事たどり着くことを暗示している、と解釈したい（細部に若干の違和感が残るが、大筋では間違っていないはずである）。

　さて、余談になるが、この詩に登場する女はいったい誰であろうか。この女は詩人の部屋にたびたび招かれるほど懇意な存在だが、ディキンスンについて知られた伝記的事実からすれば、そのような人物は数少ない。しかも、この女はディキンスンの書きかけの詩稿を見ることを許されている。ディキンスン研究者なら思い当たるように、該当する女性はただひとりである。兄オースティンの妻スーザン・ギルバート・ディキンスン（Susan H. Gilbert Dickinson［1830-1913]）である。だとすれば、この詩は、スーザンに読ませることを念頭に書かれた、と筆者は推測したい。

第 5 章

〈推敲途上の詩〉を話者とする作品
さらに 3 篇

1

第 3 章ではエミリ・ディキンスンの作品中で最も多くの議論を呼んできた "My Life had stood - a Loaded Gun -"（F 764 / J 754）を取り上げ、一人称の話者が詩人でも人間でもなく、推敲途上の 1 篇の詩であることを論じた。動植物ならいざ知らず、未完成の詩、すなわち「もの」が一人称の話者として語るというのは、文学史上にもあまり例がないと思われるが、続く第 4 章では、ディキンスンの作品中にほかにも同じ趣向の作品がさらに 3 篇存在することを論じた。この解釈の強みは、そのように読むことによって、ディキンスンの日常の詩作生活の実態（詩の工房の風景）が鮮やかに浮かび上がってくることであった。これら 4 篇を、フランクリン版の詩番号順に列挙する――

1. "He put the Belt around my life -"（F 330 / J 273）
2. "I cried at Pity - not at Pain -"（F 394 / J 588）
3. "Promise This - When You be Dying -"（F 762 / J 648）
4. "My Life had stood - a Loaded Gun -"（F 764 / J 754）

これらの作品には、〈推敲途上の詩〉が話者であるという点のほかに、いくつか重要な特徴がある。まず、上の 1 と 4 において、"my life" が一人称の代わりとして用いられていることである。それぞれ "me" と "I" に置換可能である。明らかに特異な語法

である。わざわざ尋常でない呼称に言い換えたところに、話者が人間ではないことを暗示しようとするディキンスンの秘めた意図を感じる。というのも、ディキンスンは大の謎々（riddle）好きであり、多数の「謎々詩」（riddle poems）が存在するからだ。次に、1と4では、〈推敲途上の詩〉の作り手は、女性三人称ではなく、男性三人称で呼ばれている。これらの詩が、ディキンスンと彼女が作る作品との関係を扱っているとすれば、ディキンスンは自分のジェンダーを詐称していることになる。最後に、2と3において、“Heaven”と“Grave”が、それぞれ、詩人の部屋に置いてある、完成した詩稿と未完成の詩稿を分けて保管するふたつの箱（に類したもの）を指しているらしいことである。これらの特徴は、同種の作品がほかにも存在するかどうかを探る際の手掛かりとなる。

　そこで、まず、ディキンスンの全作品について、“my life”を含むものを探してみると、前述の1と4を除いて12篇あることが分かる（列挙すれば次の通り―F 38 / J 11, F 266 / J 247, F 338 / J 279, F 346 / J 446, F 355 / J 510, F 357 / J 351, F 546 / J 576, F 719 / J 734, F 757 / J 646, F 1061 / J 858, F 1188 / J 1123, F 1773 / J 1732）。その多くは“life”を通常の「人生」あるいは「生命」の意味で用いているが、次の2篇では上記の1〜4と同じく、“my life”が一人称代名詞の代わりに用いられ、〈推敲途上の詩〉が話者として語っている可能性がある。

　5. “I felt my life with both my hands”（F 357 / J 351）
　6. “If He were living - dare I ask -”（F 719 / J 734）

ところで、5においては、冒頭行中の“my life”が、続く第2連で“my Being”と言い換えられている。このことから、全作品について“my being”を検索してみると、やはり〈推敲途上の詩〉

第 5 章　〈推敲途上の詩〉を話者とする作品さらに 3 篇　65

を一人称の話者とする詩が 1 篇浮かび上がってくる。

　7. "He found my Being - set it up -"（F 511 / J 603）

次節では、これら 5 ～ 7 について、フランクリン版の作品番号
順に詳細な読解を試みる。

2

F 357 / J 351

I felt my life with both my hands
To see if it was there -
I held my spirit to the Glass,
To prove it possibler -

I turned my Being round and round
And paused at every pound
To ask the Owner's name -
For doubt, that I should know the sound -

I judged my features - jarred my hair -
I pushed my dimples by, and waited -
If they - twinkled back -
Conviction might, of me -

I told myself, "Take Courage, Friend -
That - was a former time -
But we might learn to like the Heaven,

As well as our Old Home"!

私は自分の命を両手で触った
ちゃんとそこにあるかどうか知りたくて
私は自分の魂を姿見にかざした
もっと可能性があることを証明したくて

私は自分の存在をぐるぐる回転させた
そしてがつんとぶつかるたびに静止して
所有者の名前を尋ねた
その響きを忘れたかもしれないと思って

私は自分の容貌に判決を下した。髪をきしらせた
えくぼを押しのけて、待った
もしきらきらと戻ってきたら
自分についての確信も戻ってくるだろう

私は自分に言った「友よ、勇気を持て。
あれはもう過ぎたこと
しかし、われらはあの天国も
われらの古巣同様、気に入るかもしれない！」

　この詩は一見すると、ひとりの若い女性が、二度目か三度目の
デートの日の朝に、不安と期待の入り混じった気持ちで、自室
の姿見の前で化粧と衣服を入念にチェックしながら、ややもす
ると気持ちの萎えかける自分自身を、励ましているように読め
る。1 行目の "my life" と 3 行目の "my spirit" は、9, 10 行目に "my
features","my hair","my dimples" とあることから、体の一部を指
していることはすぐに察しがつく。"myself" と置き換えること

も可能である。5行目ではやはり鏡の前で体を回転させながら、衣服の背中の部分などを確認しているということになろうか。12行目の "Conviction might, of me -" は "Conviction of myself might twinkle back -" の省略である。話者は、自分の容貌についての確信（conviction）を取り戻そうとしているのだ。13, 14行目は「前回の失敗に懲りずに勇気を持て」と自分自身を励ましていると取れる。

　たしかに若い女性の初々しい恋心を歌った軽快で、ナイーブで、コミカルな詩ではあるが、そうだとしたら、この詩は英米詩の恋愛詩の伝統のなかで、どれほどの価値を持ちうるだろうか。1800篇近い作品を書けば、このレベルの詩があって当然ということだろうか。

　一方でこの詩には、素直に恋愛の歌として読むことを躊躇させる異質な要素が多過ぎる。そもそもストレートな恋愛詩なら、体の部分部分を指して、わざわざ "my life","my spirit","my Being" と、なぜ言い換えなければならないのか。必然的な理由があるだろうか。また7, 8行目もいささか不可解である。これが恋愛詩だとするなら、"the Owner" は、鏡に映る体を所有する「私」と取らざるを得ない。鏡に映る、入念に装った、普段の自分ならざる自分を見て、その体の「所有者の名前」を尋ねてみるというのは、若い女性の自己愛の表現として秀逸だが（その場合「こんなにきれいな私って誰？」などとも訳せよう）、次行の "For doubt, that I should know the sound -"（「その響きを忘れたかもしれないと思って」）が理解できない。話者が人間であれば、自分の名前の響きを覚えているか自信がないというのは、当然ながらありえない。一方、"the Owner" を、私の心を虜にした恋人を指すと取れなくもないが、その場合、首っ丈の恋人の名前を忘れかけているということになり、これは同様にありえない。さらに引っ掛かるのは、末尾の15, 16行目である。

"the Heaven" と "our Old Home" は何を指しているのであろう。前者は定冠詞がつく以上、キリスト教の天国であるはずがない。恋愛詩説に無理に引きつければ、恋人と会っているときの「天」にも昇るような気分と関連させて解釈できないこともないが、しかし、そうなるとこの作品は、ますます詩としての価値を下落させてしまうように思う。

　それでは、擬人化された〈推敲途上の詩〉が話者として語っているとしたらどうか。「私」は、長い間、未完成の、あるいは見込みのない詩稿として、おそらくは "Grave" と呼ばれている箱に入れられたままになっていた。ところがある日、作者が「私」のことをふと思い出し、「私」の価値について考えを改めるという思いがけない事態が生じる。そして、近々、「私」を書きもの机の上に戻し、もう一度推敲してくれそうだと「私」は予感する。「私」は、不安まじりながらも、うきうきした気分で、あたかもデートに出かける前の女性のように、入念に身支度をチェックしているのだ。〈推敲途上の詩〉である「私」は、自分に "life" や "spirit" があるかどうかを確認しているわけだが、いずれも、作者の死後も生き続けるほどの作品なら必ず持っているはずの独自の「命」と「魂」を指していると考えればよい。7, 8 行目に関しては、「私」は、あまりに長い間放置されていたがために、自分の作者の名前を忘れかけていると理解することが可能だ。それで本番に備えて、鏡に映る自分自身に「所有者の名前を尋ね」てみるのだ。いや、実際に忘れたわけではないだろう。鏡に映る自分自身に、浮かれ気分で「あの人って、名前は何といったかしら？」と冗談半分に尋ねることで、長い間放置されていた鬱憤を晴らしているのだ。なかなかユーモラスではないか。したがって、心のなかでは、もうとっくに作者を赦しているのだ。

　14-16 行目について言えば、"That - was a former time -"（「あ

れはもう過ぎたこと」）は、前回の推敲時に、作者を手こずらせ、「見込みなし」（hopeless）の烙印を押されて "Grave" 行きになった過去の苦い思い出への言及だろう。また "the Heaven" は、首尾よく次回の推敲を経て、めでたく完成品として納められるはずの、未だ見ない箱のことを指していると考えよう。反対に、それまで納められていた箱は、当該の詩にとっては長い時間を過ごし、おそらくは愛着さえも覚えるようになった場所であり、詩人がつけた不気味な呼称（"Grave"）にもかかわらず、ここでは "our Old Home" と呼ばれているわけである。

　こう解釈すると、この詩は前章の "Promise This - When You be Dying -"（F 762 / J 648）によく似ていることが分かる。後者は、推敲途上で放置されたままの詩が、作者に対して、死ぬまでには必ず自分を完成させてくれと懇願する内容であったが、この詩においては、同様の境遇にあった詩が、推敲の再開を予感して、書きもの机に運ばれるのを心待ちにしている。この2篇は、詩作をめぐる連作詩の一部を成す姉妹篇とも呼べそうである。

3

次の詩も、男性三人称の代名詞 "He" と "my Being" によって表される「私」を、「男」と「女」としか取ることのできない読者には、恋愛詩の一変種と見えるかもしれない。しかし、この作品は、恋愛詩としては、最初に取り上げたもの以上に不可解である。

F 511 / J 603

He found my Being - set it up -	彼は私の存在を見出し、据え付けた
Adjusted it to place -	位置を調整した

| Then carved his name - opon it - | それからその上に彼の名前を刻み、 |
| And bade it to the East | 東に行くように命じた |

Be faithful - in his absence -	留守の間、貞節でいるようにと
And he would come again -	もし守れたら、琥珀の馬車で
With Equipage of Amber -	戻ってきて
That time - to take it Home -	そのときは家に連れ帰ってやろうと

冒頭行で "my Being" と呼ばれている「私」だが、その後は一貫して「もの」扱いされている。男が女を「据え付け」て、「その上に名前を刻む」とはいったいいかなる意味であろうか。その上「東に行け」とは、どういうことか。第2連の「琥珀の馬車で／戻ってきて」も、皆目見当がつかない。まさか「金持ちになって戻ってきて、求婚する」ではあるまい。おまけに、もし「私」が人間の女性だとすれば、「彼」の「私」への態度には、家父長的な横柄さが際立っている。女性読者なら強い反発を感じるだろう。

　では、いっそのこと "my Being" を「もの」だとして読んでみたらどうか。第1連は何らかの職人の仕事場を思わせる。材料を作業台（workbench）に「据え付け」、「位置を調整し」、そして自分の「名前を刻む」。彫金師だろうかそれとも、木工職人だろうか。いや、7行目に "Amber" とあるから、宝石細工師（lapidary）であろう。このような周到なヒントの与え方はディキンスンの多くの作品に特徴的である。しかし、もしこの詩が、ロングフェロー（Henry Wadsworth Longfellow）の "The Village Blacksmith" と同じような、19世紀の職人の仕事ぶりを描いたものだとすれば、何の教訓もない分だけ、ロングフェローの作品にも劣る駄作であろう。むろん、宝石細工師の仕事は暗喩に過ぎない。この詩も、また、詩人の推敲作業を主題としている

のだ。すなわち、ここでは詩が宝石になぞらえられているわけだが、周知のように、ディキンスンは、"I held a Jewel in my fingers -"（F 261 / J 245）をはじめ、多くの作品で詩を宝石に喩えている。

　詩人は長らく "Grave" のなかに放置していた「私」という未完の詩稿の「存在」に気づく。それを書きもの机の上に置き、真剣に推敲を始める。詩に自分の「名前を刻む」というのは署名するということではなく、未だ陳腐さの残る詩稿を大幅に書き直し、詩人としての無類の個性を刻印することにちがいない。平たく言えば、いままで誰も書いたことのない作品に仕上げるということだ。しかし、未だ完成したわけではない。詩人はまたしばらく時間を置いてから作業を再開することにし、〈推敲途上の詩〉には、「東に行って」しばらく辛抱強く待つように命じる。「東」とは、詩人の自室の東側の隅で、この詩が元いた "Grave" と呼ばれる箱が置いてある場所であろうか。それともそこには "Grave" とは別に、未完成だが「見込みのありそうな」詩稿を入れておく、第三の箱があるのかもしれない。ともかく、詩人は「貞節に」していれば、「琥珀の馬車で／戻ってきて、そのときは家に連れ帰ってやろう」と約束する。この「家」（"Home"）とは書きもの机のことにちがいない。詩人は書きかけの詩に、さらなる推敲を施すことを約束するのだ。このように解釈すると、この詩もまた、前章で論じた "He put the Belt around my life -"（F 330 / J 273）とよく似た作品であることが分かる。だとすれば、「彼」すなわちジェンダーを詐称する詩人エミリ・ディキンスンが、一時的に推敲を中断して部屋を出て行くのは、掃除、洗濯、料理などの家事を片づけるため、ということになろう。だとすれば、「琥珀の馬車で／戻ってきて」とは、いったん詩作から頭を切り替え、家事に勤しんでいるその合間にひらめくかもしれない珠玉のようなインスピレーショ

ンを携えて、自室に戻って来ることを意味していると解釈できる。

4

次の詩は、上で論じた2篇よりもずっと厄介で、筆者にとっても未だいくつかの謎を残している。ただ、ここでも、"He"と"I"を愛し合う男女とする恋愛詩説は成り立たないと考える。そのような解釈が、多くの不可解な壁にぶつかって、八方塞りになることは必至であるからだ。まだしも、〈推敲途上の詩〉を話者とするメタ・ポエムとして解釈する方に脈がある。その主たる理由は、この種の作品に用いられる道具立ての大半が、この詩には揃っているからである。

F 719 / J 734

If He were living - dare I ask -

And how if He be dead -

And so around the Words I went -

Of meeting them - afraid -

I hinted Changes - Lapse of Time -

The Surfaces of Years -

I touched with Caution - lest they crack -

And show me to my fears -

Reverted to adjoining Lives -

Adroitly turning out

Wherever I suspected Graves -

第5章 〈推敲途上の詩〉を話者とする作品さらに3篇　73

'Twas prudenter - I thought -

And He - I pushed - with sudden force -
In face of the Suspense -
"Was buried" - "Buried"! "He!"
My Life just holds the Trench -

もし彼が生きていたら、と私は敢えて問う
そして彼が死んでいたらどうだろう、と
それで、私は言葉たちをよけて通った
面と向かうのが怖くて

私は変化を、時の経過をほのめかした。
年月の表面に
そっと触れてみた。ばりっと割れて
私の怖れに私を会わせることがないように

そばにいる命たちの方を振り向き
墓と思った場所を片っ端から
手際よく裏返した
その方がより慎重だと思った

そして、彼は、私が不安になって
いきなりさっと駆け寄ると
「埋められていた」、「埋められていた！」「彼が！」
私の命はその溝を抱え込んでいるだけ

ここでは、最初から、「彼」を詩人、「私」を〈推敲途上の詩〉
と仮定して読んでみよう。また、もし〈推敲途上の詩〉を話者

とするメタ・ポエムであるならば、この詩の舞台は屋外ではなく、詩人の自室であるはずだ。その前提で読み進めることにする。

　まず1,2行目が現在時制であり、後続の詩行が、最終行を除き過去時制であることが不可解だが、一応ここでは、ディキンスンは直接話法を用いて

　"If He were living" - dared I ask -
　"And how if He be dead -"

と書いているつもりだと推定しておく。「私」は、「彼」が死んだことを知りながらも、「もし生きていたら」と仮定法過去で「敢えて問う」てみる（「彼」は作者だから、この詩はディキンスン得意の死後空想の詩の変種でもある）。しかし、その一方で、やはり「死んでいたらどうだろう」とも思う。「私」は、「彼」が死んだ事実を未だ受け入れられないでいる、と取ることができる。これは「私」が、未完の詩稿として、それらを納める専用の箱のなかに、長い間、放置されたままになっているからだ（この「箱」の名称については、後で考察する）。「私」は、作者に長い間会っておらず、作者の死（かのポストモダンの概念ではない）にも立ち会っていない。もちろん遺体も見ていないのだ。死んだというのは風の噂に聞いたに過ぎない。「私」は、「彼」が死んだ事実を自分の目で確かめようと思い立って、出かけた。そして、「私」は、「言葉たちをよけて通った」（"around the Words I went -"）のだが、その理由が、その言葉たちに「面と向かうのが怖くて」（"Of meeting them - afraid -"）というのだから不可解だ。この "the Words"「言葉たち」とは何かが問題である。定冠詞があるから、1,2行目で「私」が直接話法で発した言葉を指すと一応考えられるが、自分がいま発したばかり

の言葉を「よけて通った」というのは理解不能だ。その理由が「面と向かうのが怖くて」となれば、なおさらである。ディキンスンのこの種の詩の場合、後述の "Lives" 同様、「私」以外の詩稿たちを指すと考えるべきだろう。なぜ「面と向かうのが」怖いかといえば、この「言葉たち」が作者によって立派に仕上げられた作品たちであり、未完成の詩である「私」には、彼らと互角に交わる自信がないからだ。だから、「言葉たち」を遠目に眺めながら、「よけて通る」しかないのだ。とすれば「言葉たち」すなわち完成された詩稿が集まっている場所とは、ディキンスンによっておそらくは "Heaven" と呼ばれている完成稿保管用の箱（に類するもの）ということになる。

　以上、第1連は何とか切り抜けられたが、第2連から難問が続出する。5行目に "I hinted Changes - Lapse of Time -" とある。誰に「変化を、時の経過をほのめかした」のか不明である。「言葉たち」（"the Words"）に対してと取るのは困難だ。「私」は彼らに「面と向かう」のを怖れて「よけて通った」のだから。"Lapse of Time" は、「私」が未完のまま放置されていた間の時間の経過と取るほかない。しかし、「変化」とはいったい何であろうか。続いて「年月の表面に／そっと触れてみた。ぱりっと割れて／私の怖れに私を会わせることがないように」とあるから、何か表面が脆い物質かもしれない。これについては、しばらく措いておく。

　9行目に "Reverted to adjoining Lives -"（「そばにいる命たちの方を振り向き」）とあるが、この "Lives" は、最終行の "My Life" が一人称の代用であり、「私」を指していることから分かるように、同じ「詩稿たち」を指していると考えられる。こういう用法は、"He put the Belt around my life -"（F 330 / J 273）にも見られた。しかしながら定冠詞がつかないことから、先に出てきた「言葉たち」（"the Words"）、すなわち完成された詩稿たちを指

すのではない。だとすれば、「私」と同じく、作者の手によって未だ書き上げられていない詩稿たちではなかろうか。彼らもまた「私」の後を追って、同じ箱から抜け出してきて、「私」の背後に控えているのであろう。「私」は、彼らを「振り向き／墓と思った場所を片っ端から／手際よく裏返す」（"Adroitly turning out / Wherever I suspected Graves -"）のだが、これは、同類たちの激励を受けて、彼らの代表として作者の遺体を探すためである。「墓」（"Graves"）は現実の墓ではなく、没原稿や見込みのない詩稿を入れておくための箱（に類したもの）であるはずだ。どうやらひとつではなく複数個存在するらしい。「私」は「墓」のなかのほかの詩稿を取り出しては、そのうちのどれかに作者が「埋葬されて」いないか調べているのだ。だとすれば、6,7行目の "The Surfaces of Years - / I touched with Caution - lest they crack -"（「年月の表面に／そっと触れてみた。ぱりっと割れないよう」）は、長い年月の間放置され、紙が劣化してしまった詩稿に言及していることが分かる。自分がひとりだと思ったときには、恐る恐る触れるだけだったが、背後に仲間がついていると知り、自分だけで作者の死体に向き合う「怖れ」（"my fears"）を「私」は克服することができたのである。もう用心して「そっと触れる」必要もなくなり、「私」は手際よく「墓」のなかの原稿を「裏返す」。なぜ「裏返す」のかといえば、没原稿は原稿面を下にして入れてあるからだろう。

　しかし、ここでふたつの疑問が浮上してくる。ひとつは未完の詩稿である「私」が、複数の「墓」と呼ばれる箱の中身を「裏返して」は、作者の遺体を探しているとすれば、そもそも「私」とその同類が抜け出して来た「箱」の名前は何なのか。"Grave" でも "Heaven" でもないとすれば、何と呼ばれていたのか。地下と天上の中間であり、未だ不完全な「私」すなわち "My Life" と、同類の "Lives" が入っていた場所だから、単純に "Life"

と呼ばれていたとも推定できるが、今のところ確たる証拠はない。カトリック教徒の詩人なら "Purgatory"（煉獄）とでも呼ぶところだろうが、いくらカルヴィニズムに反発したディキンスンとはいえ、そこまでは考えがたい。

　２番目の疑問は、なぜ、詩人の「遺体」を探すために、「墓」に入れてある没原稿を片っ端から裏返すのか、である。実際、最終連にあるように「私」は、そのうちのひとつに「彼」が埋められているのを発見するのだが、なぜ完成稿ではなく、没原稿（あるいは未完の原稿）の入った箱をひっくり返して作者を捜索するのか。常識的に考えて、作者の「精神」や「魂」が残るのは、完成された作品のなかではないのか。没原稿は、未だ陳腐さが残り、作者らしさが十分に「刻印されて」いないからこそ、「墓」に入れられているのではないか。

　しかし、ここで未完の詩稿である「私」が、なぜ、作者を探し求めているのか、その動機をもう一度思い出してみよう。それは、作者が死んだという事実を受け入れるためであった。自分に納得させるためであった。そして、そうすることで、自分はこれからもずっと未完の詩であり続けるという辛い運命を甘受するためだった。３行目で「言葉たち」（"the Words"）と呼ばれている完成した作品たちが入った「箱」を、「私」が、なぜ「よけて通った」かといえば、そこでは「作者」が「生きている」からである。そのカモフラージュした言い訳が「面と向かうのが怖くて」（"Of meeting them - afraid -"）というのは、いかにもシャイなディキンスンらしいが、一方で、生身のエミリ・ディキンスンは死んでも、その「精神」と「魂」は作品のなかに生き続けると、間接的にほのめかしていることになり、これもいかにも自信家のディキンスンらしい。また、キリスト教を信じられず、自分は予めキリスト教の天国から締め出されていると感じていた詩人ディキンスンが、自分で命名したとはいえ

"Heaven" という箱のなかで「生きている」とは、キリスト教に当てつけた、何とも辛辣で機知に富んだ皮肉ではないか！

　「私」は、作者の死を受け入れるために、没原稿の入った複数の「墓」（"Graves"）を掘り返し、そのなかのひとつの詩稿のなかに作者が「埋められている」ことを発見する。つまり、数ある没原稿のなかでも、この詩稿は、「作者」の「精神」や「魂」が「もっとも生きていない」すなわち「死んでいる」詩稿なのだ。「私」は、このもっとも出来の悪い詩稿の存在によって、作者の死という事実をようやく受け入れることができる。それこそが、作者の部屋を出られない「私」にとっての、作者の「遺体」なのである。ちなみに、このような奇抜な詩想の背後にも、ディキンスンの詩作生活の実態が顔をのぞかせているように思う。先に、「墓」のなかに放置していた没原稿のことを、ある日ふと思い出してみると、今度は案外に悪くない詩に思えてくる、という作家には珍しくないだろう経験について述べたが、それとはまったく正反対のことも起こり得る。すなわち、かつて没にした詩稿のことを、ある日ふと思い出してみると、「墓」に放り込んだとき以上にひどい、恥ずべき詩に思えてきて、一刻も早く焼却すべく、「墓」のなかの没原稿を必死にひっくり返し始めるのである。これらの詩の行間からは、そんな作者ディキンスンの姿が浮かび上がって来る。

　さて、最終行の解釈が残っている。"My Life just holds the Trench -"（「私の命はその溝を抱え込んでいるだけ」）とは、何とも謎めいている。"Trench" はまず間違いなく "Grave" の言い換えだろうとは察しがつく。だが、動詞 "holds" の用法が理解できない。これが、主語と目的語が入れ代わって、"The Trench just holds My Life -" であるならば、まだしも理解のしようがある。すなわち、作者が墓に埋められているのを発見し、作者の死という事実を受け入れた「私」は、自分が、未来永劫、完成した

詩になれない運命を悟り、遅ればせながら作者に殉じて、同じ墓穴に自ら身を横たえ、そして、今もその状態にある、ということだ。しかし、実際には "My Life just holds the Trench -" である。「私の命はその溝を抱え込んでいるだけ」としか訳しようがないだろう。単純に、墓穴に埋められた作者の姿が、すなわち、もっとも出来の悪い詩の出来の悪さ加減が、強烈に目に焼きついて、今でも忘れられないということだろうか。あるいは、そんな恥ずかしい詩を書いたことが、一生涯（all my life）、忘れられそうにもない、ということだろうか。筆者にはそれくらいしか思い浮かばないが、正直言って、どちらの解釈にもあまり自信がない。16 行目に "'Twas prudenter - I thought -"（「その方がずっと慎重だと思った」）とある。これも唐突な詩句である。比較級 "prudenter" の比較の対象が何であるかも見当がつかない。しかしながら、ディキンスンが得意とする「謎々詩」をいくつも読んだ経験からすれば、どうも、この一見どうでもいいような詩句に、案外、謎を解く鍵が隠されているような気がしてならない。

　以上、完全に満足のゆく解釈を提出できぬまま、この詩の分析は中断せざるを得ない。部分的には的を射ているようでも、最終的にすっきりと理解できないのは、詩句のどれかの解釈が誤っているためであろう。しかしながら、この詩が〈推敲途上の詩〉を話者としているという点だけは確実だと思う。以上の分析作業がヒントとなって、読者諸氏の誰かが「正解」を出してくれることを期待したい。

5

以上、〈推敲途上の詩〉を話者とする作品 3 篇について見てきた。"He" と "I" が登場し、「私」が "me" や "myself" の代わりに "my life" を用い、さらには詩中に "Grave" あるいは "Heaven" という語が登場し、恋愛詩にしては風変わりであったり、奇怪、不可解であったりする作品を見つければ、筆者は偏執狂的なくらいに、詩作についての詩、すなわちメタ・ポエムである可能性を追求してきた。では、"Heaven" 以外に、上記のような道具立てのない次の詩はどう読めるであろうか。

F 268 / J 248

Why - do they shut me out of Heaven?
Did I sing - too loud?
But - I can say a little "minor"
Timid as a Bird!

Would'nt the Angels try me -
Just - once - more -
Just - see - if I troubled them -
But dont - shut the door!

Oh, if I - were the Gentleman
In the "White Robe" -
And they - were the little Hand - that knocked -
Could - I - forbid?

彼らはどうして私を天国に入れてはくれないのか
私の歌声が大き過ぎたせいか
でも、私はもう少し短調でも歌える
小鳥のように臆病に

天使たちは私を試験してはくれないだろうか
もう一度だけ
私が迷惑かけるかどうかみて欲しい
でも、お願いだからドアは閉めないで

ああ、もし私があの白いローブの
紳士なら、そしてノックするのが
この小さな手なら
拒絶などできるだろうか

　第1連だけ見れば、これもまた〈推敲途上の詩〉が語っている
のかと早合点してしまう。作者にさらなる推敲を拒まれ、いつ
までも "Heaven" すなわち完成稿を入れておく箱にたどり着け
ない未完の詩が不満を漏らしている、あるいは自分の不運を嘆
いているように読める。しかしながら、第2連、第3連と読み
進めれば、これが、通説どおり、自分（ディキンスン自身）が
キリスト教会に受け入れてもらえないことを嘆く種類の詩であ
ることがすぐに明白になる（キリスト教の主要な教義を信じら
れないことの裏返しの表現であるが）。第1連だけでメタ・ポ
エムと思ったのは、錯覚だったのである。
　しかしながら、この錯覚には、〈推敲途上の詩〉を詩の話者
に仕立て上げるという奇抜なアイデアに、ディキンスンがどう
いう経路をたどって到達したかを窺わせるヒントが潜んでいる。
　ディキンスンは、人間イエスには共感を感じながらも、とり
わけ三位一体と復活の教義をどうしても信じることができず、
結局、正式の教会員となることなく生涯を過ごした。キリスト
教徒でないということは、たとえ罪なく死んだとしても、キリ
スト教の天国には入れない、というより予め締め出されている、
ということを意味している。ユニテリアニズムが支配的となっ

たボストンと違い、ピューリタンの伝統が色濃く残る保守的なアーマストにおいて、非教会員を貫くには、尋常ではない意志力を要し、強い孤立感を強いられたはずである。

　一方、ディキンスンはある時点から詩作を天職と心得て、本格的に身を入れ始める。30歳前後からは、忙しい家事の合間や夜の自由な時間、そしてほかの人々が教会に出かける安息日を、存分に利用したにちがいない。その上、時間の浪費を強いる社交活動からも身を引いて、自分自身の部屋で、詩作に持てるエネルギーの大半を注ぎ込み始める。快適で能率的な執筆のために、彼女なりにシステマティックな手順と環境を工夫しただろう。書きもの机とその周囲を使いやすく整えるだけでなく、例えば、ベッドに横になっているときに浮かんだアイデアを書き留めるために、枕元のテーブルに簡単な筆記用具を用意するようなことも、ほかの多くの作家同様、当然しただろう。また、書いた詩稿をその出来に応じて、あるいは推敲の段階に応じて、数種類に分類して保管するための箱を、部屋の別々の場所に置いていたということも十分考えられる。ディキンスンの2階の自室は、詩生産の工房と化した。

　そんな詩作に勤しんでいるある日、ふと、出来の悪い詩を入れてある箱から、長らく放置してあった詩稿のひとつを手に取ってみる。書き起こしたときには、これはどう手を入れても、ものになりそうもないと決め込んで、没原稿として放り込んだのだが、しばらく時間をおいて、もう一度読んでみると、最初の印象とは違って、なかなか見込みのありそうな詩に見えてくる。あのときの自分には見る眼がなかったと少し悔やんでみる。そうなると、長らく放置されたことを、詩の方でも恨んでいるように思えてくる。なぜ、もっと早く推敲を施し、完成稿用の箱に移してはくれなかったのか、と不平を言っているようにも思えてくる。そんなふうに詩に感情移入しているうちに、自分

も、かつての信仰復興運動の嵐のさなか、この詩と同じように、回心する「見込みのない」者として一方的に分類され、苦しい思いを味わわせられたことを思い出す。自分の信念を貫いたがゆえに、キリスト教の天国から締め出され、おまけに地上の共同体のなかでも疎外感に苦しまなければならなかった。その質はちがうけれども、この詩も同じような苦しみを味わったのだと同情してみる。そして、これもまた突然に、推敲を途中で中断された詩の立場になって、その苦しみについて書いてみたらどうなるかという、奇抜きわまるアイデアを思いついてしまう。出来の悪い詩を入れる箱を "Grave" と名づけ、完成稿を入れる箱を "Heaven" と呼ぶという考えも、ひょっとしたら、このとき生まれたのかもしれない。また、これは少し想像が過ぎるかもしれないが、「墓」から未完の詩を救い出す行為は、ディキンスンのなかでは、「復活」の観念と結びついていたかもしれない。いささか冒涜的なパロディーだが、ひそかに、その行為を "resurrect" と呼んでいたかもしれない。

　この〈推敲途上の詩〉を話者とする一連の詩は、そのような過程を経て、生まれてきたのではないか。だとすれば、それは、ディキンスンの人生を大きく左右した信仰の問題と深く結びついていたのである。

第 2 部

復活が信じられない

第6章

復活の教義批判
──「サテンの垂木に石の屋根」の謎

F 124F / J 216

Safe in their Alabaster Chambers -	アラバスターの部屋で安楽に
Untouched by Morning -	朝にも触れられず
And untouched by noon -	昼にも触れられず
Sleep the meek members of the Resurrection,	復活の柔和な仲間たちは眠る
Rafter of Satin and Roof of Stone -	サテンの垂木に石の屋根
Grand go the Years,	堂々と歳月は進む
In the Crescent above them -	彼らの上の三日月のなかを。
Worlds scoop their Arcs -	世界はその弧をすくい
And Firmaments - row -	天空は漕ぎ進む
Diadems - drop -	王冠は落ち
And Doges - surrender -	総督は屈服する
Soundless as Dots,	雪の円盤の上に
On a Disk of Snow.	点のように音もなく。

この詩にはフランクリン版によれば、6ないし7つの異稿（A〜
FないしA〜［G］）がある。2連構成で、第1連には大きな違
いはないが、第2連には4つの異稿があり、すべてまったく異
なる。ここではフランクリン版でFと表示されているテクス
トを対象とする。これはディキンスンがトマス・W・ヒギンソ
ン（Thomas W. Higginson［1823-1911］）に宛てた最初の手紙に

同封した4篇の詩のうちのひとつと同一である。"Safe in their Alabaster Chambers -" で始まり5行からなる第1連と、"Grand go the Years," で始まり8行からなる第2連から構成される。明らかに "Safe in the arms of Jesus" で始まる讃美歌を意識しているが、後述するようにそれは見せかけだけである。この詩をめぐる義姉スーザンの手紙やディキンスンの返信などが残っていて、やりとりのなかで詩が書き直されていく過程が見て取れる貴重な資料でもある。

　生前に発表された10篇の詩のひとつであり、ディキンスンの1800篇近い作品のなかでも最も有名な作品のひとつである（Wolff 245）。しかしながら、筆者の読んだ範囲では、日本人による研究書のうち、多少ともこの詩の解釈に紙幅を割いているのは、1985年刊の稲田勝彦氏の『エミリ・ディキンスン――天国獲得のストラテジー』のみである。1992年に出版され、「主要文献一覧」に内外の800点以上を列挙している古川隆夫氏の労作『ディキンスンの詩法の研究――重層構造を読む』では、異稿の問題についてごく短い記述があるのみである（古川220）。日本のディキンスン研究の先駆者、新倉俊一氏の『エミリ・ディキンソン――研究と詩抄』（1983年）と『エミリー・ディキンスン――不在の肖像』（1989年）でも、岩田典子氏の『エミリ・ディキンスン――愛と詩の殉教者』（1982年）と『エミリ・ディキンスンを読む』（1997年）でも、また、武田雅子氏の好著『エミリの詩の家――アマストで暮らして』（1996年）でも残念ながら論じられていない。しかも、稲田氏の解釈は、基本的に、最初の本格的な研究書であるチャールズ・R・アンダソン（Charles R. Anderson）の *Emily Dickinson's Poetry: Stairway of Surprise*（1960）の解釈を踏襲したものと思われる（稲田263-65）。新倉氏による研究社小英文双書の一冊『ディキンソン詩選』（1976年）の注も、亀井俊介氏編訳の岩波文庫『対訳ディキン

ソン詩集』（2004年）の注も、ほぼ同様にアンダソンの説に基づいていると思われる（新倉『詩選』91、亀井 60-61）。

アンダソンの解釈は、すでにジョンソン版（1955年）が出た後にもかかわらず、最初の詩集 *Poems*（1890）所収の、異稿ふたつを合成した3連構成のテクストを対象としていることが、そもそも本文批評的には間違いなのだが、ここではその問題には立ち入らない（Anderson 270）。まず、フランクリン版の "Grand go the Years," で始まる第2連をアンダソンは、人類の「絶滅によって宇宙の平和が達成されるという科学的見解」（"a scientific view of cosmic peace achieved by extinction"）を表明していると解釈する（Anderson 271）。あらゆる生物種にいつか訪れる死（絶滅）という絶対者を前にしては、「王冠は落ち／そして総督は屈服する」しかなく、大いなる死者たちの魂も、「雪の円盤の上に／点のように音もなく」、「無限の宇宙空間に消え失せる」（"disappear in interstellar space"［Anderson 274］）というわけだ。一方、人類絶滅後も宇宙は相変わらず、というよりもむしろより「平和」に、機械のような無限の回転を続けるだけなのだ。このような科学的宇宙観の背景として、アンダソンは、ディキンスンが当時最新の天文学に通じていたことを詳しく論証している（Anderson 273-74）。この解釈は、その後のディキンスン研究でも概ね踏襲されており、個々の語の解釈には多くの異説があっても、ほぼ定説化していると言ってよいだろう。

問題は "Safe in their Alabaster Chambers -" で始まる第1連についてのアンダソンの解釈である。彼はこれを「個人の不滅性への堅固な信仰を伴う、死に対する宗教的見解」"a religious view of death, with a confident belief in personal immortality" を表明したものとし、また数頁先では、この詩は「個人の復活に対するささやかで心地よいピューリタン的信仰」（"The small comfortable Puritan faith in a personal resurrection"）で始まる、と同様の見方

を繰り返している（Anderson 268, 274）。つまりアンダソンは
この第1連では、復活を信じて硬いアラバスターの石棺に横
たわる柔和なキリスト教徒たちの姿が提示されていると解釈
している。2度使われる "personal" という限定詞によって、信
仰を持つ者とディキンスンの不信との間の懸隔は示されてい
るものの、後述するように、この連が、「痛烈な」と表現し
てもいい皮肉を秘めたものであることには気づいていない。
もっとも第2連（Anderson にとっては第3連）を読み終えた
時点では、この柔和なキリスト教徒たちを、帝王や総督たち
（"Diadems", "Doges"）と同じ運命が、すなわち無限の宇宙空間
に永遠に消え去る運命が待っていることが、暗示されるとし
（"By implication, the same destiny awaits the meek dead in stanza one."
［Anderson 274］）、この詩における詩人の世界観が、キリスト教
の立場から見れば悲観的なものであることは認めている。しか
し、その後でアンダソンは第1連と第2連が相反する宇宙観を
表していることを再び強調し、次のように述べる——

> 詩人としての彼女は、理性と信仰のどちらかに与しなけれ
> ばならないとは感じていない。当時の科学と宗教の間のイ
> デオロギー上の葛藤を詩芸術の素材として使っているだけ
> であり、ひとつの哲学を作り出そうとはしていない。

> As a poet she felt no compunction to take sides of between reason
> and faith. She merely used the conflicting ideologies of science
> and religion in her day as the materials for art, not to work out a
> philosophy. （Anderson 274）

詩人が直接自分の哲学（"philosophy"）を表明せず、傍観者の
位置からふたつのイデオロギーの対立を提示しているとするわ

けだが、個性の滅却を尊ぶいかにも新批評的な詩観である。だが、本当にディキンスンはふたつのイデオロギーの葛藤に何かを語らせようとしているのか。すなわち、第2連が科学的な宇宙観であるとすれば、第1連はキリスト教の復活の教義を「代弁して」いるのか。この点はきわめて重要である。なぜなら、それはディキンスンのキリスト教への姿勢を一層明確にする上で、そして、近年注目されている義姉スーザンと詩人の友情の性質を知る上で、重要な鍵となるからである。しかし、同時に、この連の解釈は宗教的イデオロギーと関わる微妙な問題でもあり、たとえ解明する光を見出したとしても、信仰上の理由から、筋道を最後までたどることを躊躇する研究者も少なくなかろう。

Safe in their Alabaster Chambers -	アラバスターの部屋で安楽に
Untouched by Morning -	朝にも触れられず
And untouched by noon -	昼にも触れられず
Sleep the meek members of the Resurrection,	復活の柔和な仲間たちは眠る
Rafter of Satin and Roof of Stone -	サテンの垂木に石の屋根

結論から先に言えば、この第1連の意味については、1986年のシンシア・グリフィン・ウルフ（Cynthia Griffin Wolff）著の伝記 Emily Dickinson においてほぼ完全に、そして1992年のマーサ・ネル・スミス（Martha Nell Smith）の Rowing in Eden: Rereading Emily Dickinson によって、余すことなく解明されたと言って過言ではない。まず、ウルフは、この詩の意味を要約して、「キリストの輝かしい約束を、凍てつく不変の死という正直な俗人の認識に変換している」（"[This poem] converts the glorious promises of Christ into an honest vernacular of unchanging frozen death." [Wolff 316]）と解釈する。すなわち、復活の教義

の根拠となっている「山上の垂訓」におけるキリストの約束「幸いなるかな、柔和なる者。その人は地を嗣がん」("Blessed are the meek: for they shall inherit the earth." [Matthew 5:5]) を信じてキリスト教徒となり、勤勉で敬虔な人生を送り、いまや墓のなかで復活を信じて眠っている「柔和な」人々にも、ついに目覚める時は訪れず、キリストの再臨も最後の審判もけっして起こらず、「凍てつく不変の死」の状態が永劫に続くだけだ、というのがこの詩の意味であると、ウルフは言う。結局、キリストの約束は、死後の復活と永生の約束ではまったくなかった。ウルフによれば、その約束は、「いかにも、お前たちは地を嗣ぐであろう。だが、ちょうど埋葬されるだけの広さだけだ。」("Yes, you shall inherit the earth, just acreage enough to be buried in." [Wolff 317]) という字義通りの意味に過ぎなかったということを、この詩は皮肉たっぷりに暗示しているのだ。そしてウルフは、すでに詩の冒頭から、強烈な皮肉を感じ取っており、「最初の語 "Safe" には、金持ちの人のよさが感じられる」("There is such a monied complaisance in the first word: 'Safe'." [Wolff 317]) と述べている。

　筆者は、このウルフの解釈は、全体としては的確なものであると考える。ただし、決定的な説得力を欠いている。なぜなら、"Rafter of Satin and Roof of Stone -" という句をごく素直に "Alabaster Chambers" の構造と取るならば、その建築学的含意が復活の教義の不可能性に結びつくことに、ウルフは思い至っていないからだ。それは次の引用を見れば明らかだ──

　　棺のサテン製の「垂木」と「石の屋根」の標識を伴う「アラバスターの部屋」という比喩的イメージは、日常の現実世界のなかに神話的なものをしっかりととどめている。

Yet the parable images of 'Alabaster Chambers' with the coffin's satin
'Rafter' and the marker's 'Roof of Stone' lodge the mythic firmly in
a world of everyday reality. 　　　　　　　　　　　　（Wolff 320）

2頁前の「棺を覆う『サテン』という暗示は、キリストの花嫁
という伝統を反響させている」（"The hint of 'Satin' covering the
coffins echoes the tradition of the bride of Christ."［Wolff 318］）　と
いう一文とともに読めば、ウルフは "Satin" を石棺を覆う布
と解し、そして "Roof" を地下の石棺の位置を示す地上の墓標
（"marker"）と解していることが分かる。"Alabaster Chambers" が
比喩（"parable"）であることを認めながらも、一方では、"Rafter"
と "Roof" の関係を現実に還元して考えようとしている。つま
り、ウルフは "Rafter of Satin and Roof of Stone -" の建築学的な矛
盾に気づいている。しかし、この矛盾は、"Alabaster Chambers"
が比喩であることが分かっていれば、わざわざ現実還元的に解
消する必要などなかったのだ。
　「垂木」(rafter) は「屋根」(roof) の直下にあって、その
重みが直接かかる通常は木製の部材である。仮に、"Rafter of
Stone and Roof of Satin -" であるならば、建築学的には可能で、
屋根が布でできたテントのような代物となる。だが、ディキン
スンが書いた通りであれば、屋根は即座に崩れ落ちる、いや、
そもそもそのような構造物は建築不可能である。前記の日本の
研究者では唯一、亀井氏だけがこの不可能性に気づいているこ
とを示している。その部分の訳が「繻子さながらにつややかな
垂木／石の屋根！」となっているからだ。おそらく、この不可
解な建築学的矛盾に当惑したはてに、"Satin" を "Rafter" の質感
を表すものとする苦心の解釈に至った、と推察される。たしか
に、これほど逆説的なイメージはディキンスンの作品にも多く
はないが、類例がないわけではない。たとえば、次の詩の最後

の 2 行をご覧頂きたい——

F 1164B / J 1140

The Day grew small, surrounded tight	昼は小さくなり、早くもやって来た
By early, stooping Night -	卑屈な夜に囲まれ身動きできず
The Afternoon in Evening deep	午後はその黄色い短さを
It's Yellow shortness dropt -	夕方の深みに落っことした
The Winds went out their martial ways	風たちは戦場に赴き
The Leaves obtained excuse -	葉っぱたちは言い訳を手に入れた
November hung his Granite Hat	十一月はフラシ天の釘に
Opon a nail of Plush -	御影石の帽子を掛けた

あるいは次の詩の 5, 6 行目——

F 1173 / J 1160

He is alive, this morning -	今朝、あの方は生きている
He is alive - and awake -	生きて目覚めている
Birds are resuming for Him -	小鳥たちはあの方のために囀り始め
Blossoms - dress for His sake -	花々はあの方のために美しく装う
Bees - to their Loaves of Honey	蜜蜂は何斤もの蜂蜜に
Add an Amber Crumb	琥珀色のパン屑を加える
Him - to regale - Me - Only -	私のもてなしは身振りと
Motion, and am dumb.	沈黙だけ

したがって、"Rafter of Satin and Roof of Stone -" の訳は、1993 年刊の新倉俊一氏編訳の『ディキンスン詩集』における「サテンのたるき　石の屋根」で正しいのである（新倉『詩集』61）。

言うまでもないが、建築学に限らず、詩人の知識を疑うような解釈は間違っている。われわれは、この建築学上の不可能性をディキンスンが十分承知した上で利用していると考えなければならない。この "Rafter of Satin and Roof of Stone -" の解釈を誤らせる原因は、冒頭の "Alabaster Chambers" を文字通りに石棺あるいは納骨堂としか理解できないことにある。アラバスター（雪花石膏）は、かつては古代エトルリアで石棺の材料とされたようであるが、19 世紀のアーマストで、それも勤勉と質素を旨とする保守的なキリスト教徒によって、贅沢なものに違いないアラバスター製の石棺や納骨堂が造られ、使われたとは思えない。やはり、通常は木棺であっただろう（古い墓地の整理の際に掘り出された無縁の骨を、大理石の納骨堂にまとめて納めるということはあるのかもしれないが）。ウルフの先の引用にあるように "Alabaster Chambers" は比喩なのだ。復活の教義のメタファーなのだ。アラバスターの硬さは、信仰の堅固さを、そして同時に、その頑迷さを表している。「サテンの垂木に石の屋根」は、その教義が不可能であることを暗示しているのだ。いや、「垂木」（rafter）の建築学的機能を知っている読み手には、明示していると言った方がよい。この点を初めて明快に論じたのが、1992 年のマーサ・ネル・スミスの *Rowing in Eden: Rereading Emily Dickinson* である。スミスは、ディキンスンが義姉スーザンに送った "Sleep" ではなく "Lie" が使われている異稿（フランクリン版で E と表示されているもの）について次のように述べている。

　これらの部屋の柔和な人々は横たわって（"Lie"）いる。見たところではけっしてやって来ない復活を待ちながら。朝も正午も、赫々たるキリストの勝利の帰還を連想させるが、彼らに触れることはない。ここでは柔和な者たちは天国で

はなく大地をつぐであろう。"Lie" は「横たわった」状態を
表すだけでなく、「いつわる」も暗示する。これらの人々が
復活の観念に体現される自然の克服［すなわち死の克服］を
待っているというのは、いつわりかもしれないのだ …。付
随して、「安全な」部屋は、サテンの垂木が石の屋根を支え
ている。このディキンスンのありえない棺のメタファーは、
これらの死者が新たなより良い生の到来を待っているとす
る信仰の馬鹿さ加減を示唆している。

These chambers' meek members "Lie," apparently waiting for a
resurrection never to be realized: morning and noon, both full of light
and associated with Christ's triumphant return, cannot touch them.
Here, the meek shall inherit the earth, not heaven. Lie connotes
falsehood as well as states of recline. That these members await the
conquest of nature embodied in notions of resurrection may be a
lie,.... Concomitantly, the "Safe" shelters are made of rafters of satin
supporting a roof of stone: Dickinson's impossible metaphor of the
coffin echoes the absurdity of the belief that these dead wait in hope
of rising to a new and better life.　　　　　　　　　　（Smith 184-85）

この解釈は、第 1 連についてわれわれが抱いてきた疑問をすべ
て払拭するだろう。考えてみればディキンスンのようなソフィ・
スティケイトされた詩人が、"Safe" のごとき形容詞を、その素
朴な意味で、それも詩の冒頭から使うはずがない。"Safe" は「安
らかに」というよりは、「能天気に」と近い意味で使われてい
ることになる。この詩全体の韻律は強弱弱を主調としているが、
この冒頭の "Safe in their" の強弱弱に込められた皮肉な調子が、
詩全体の調子をも決定づけているとも言える。さらに "meek"
も「柔和な」ではなく「意気地のない」に近いだろう。また、

"in their Alabaster Chambers" とあるように、"the" ではなく "their" が使われていることにも理由があることが明白となる。つまり、復活の教義が、彼ら信仰を告白してキリスト教徒となった者だけのものであって、詩人自身のものではないことが、さりげなく強調されているのだ。あらためて考えてみれば "members" にも宗教の排他性が暗示されているではないか。

　ディキンスンのキリスト教に対する不信の原因のひとつが、彼女が Amherst Academy と Mount Holyoke Female Seminary で受けた科学の教育にあったことは否定しがたい。啓蒙の 18 世紀から産業主義が本格化する 19 世紀前半にかけて、科学上の発見によって明らかになりつつあった宇宙観が、ユダヤ・キリスト教の宇宙観をきわめて卑小なものに見せ始めていた。第 2 連の "Crescent"、"Arc" そして "Diadem" のイメージはほかの詩（F 353 / J 508）でも同じ組み合わせで使っているディキンスンお気に入りの幾何学的図形だが、この「三日月」や「弧」が、天の川、すなわち銀河系を表していることは、つとにアンダソンが論じているところだ。ディキンスン家が創設に関わった Amherst College には天文台があり、そこの望遠鏡をディキンスンがのぞいた可能性があること、マウント・ホリョークでは天文学の授業を受け、使われた教科書が最新の宇宙の概念を紹介していたこと、また、ディキンスン家の蔵書のなかに、レンズ状の宇宙の絵を載せた天文学の本があったことなどが、傍証として挙げられている（Anderson 274-75）。ドイツ生まれのイギリスの天文学者ウィリアム・ハーシェルとキャロライン・ハーシェル兄妹（William Herschel［1738-1822］; Caroline Herschel［1750-1848］）の根気強い観察によって、すでに 18 世紀末には天の川が、銀河系の中心（当時、太陽系は銀河系の中心と考えられていた）から見た銀河系の円周部分であり、銀河系が中心にふくらみを持つレンズの形をしていることが判明していた。

また銀河系の大きさも、現在の推定よりは十分の一以下だが、直径およそ6千光年程とされていた。光の速度は18世紀前半にすでに秒速約30万kmと推定されていたから、乗算ができれば子供でもその大きさを、たとえば地球の直径と比較することができた。当時は銀河系が宇宙そのものとされていたから、いまからすれば随分と小さい宇宙であるが、それでも当時の人々にとっては、新たに判明した宇宙＝銀河系の大きさは、地球のそれに比べて、想像を絶する驚嘆すべき規模のものであった。パレスチナとその周辺を舞台とする聖書の世界が、なんとも卑小に見えてしまうのは無理もない。ちなみに、ディキンスンが愛読したエマソンは、"The American Scholar"（1837）のなかで、ハーシェルによる星のカタログ作成に言及しているし、新倉氏が指摘しているように、ディキンスンの次の詩にもハーシェルへの直接の言及がある——

F 803A / J 835

Nature, and God, I neither knew

Yet both, so well knew me

They startled - like Executors

Of an identity -

Yet neither - told - that I could learn -

My secret, as secure

As Herschel's private interest

Or Mercury's Affair -

自然と神、どちらも私は知らなかった

だがどちらも私をよく知っていた

まるで私の身元鑑定人のように

私を驚かせた
　だがどちらも言わなかった。私が自分の秘密を
　知ることができるとは。それも
　ハーシェルの秘かな関心や
　水星の情事のように確実に

アーマスト・カレッジおよびアーマスト・アカデミーでは、著名な植物学者であり地質学者であったエドワード・ヒッチコック（Edward Hitchcock［1793-1864］）が 1825 年以来教鞭を取っており、ディキンスンがアーマスト・アカデミーで学んでいた最後の年（1845 年）には学長となり、カレッジとアカデミー双方のカリキュラムにおける科学科目の比率を高めた（Wolff 17, 78）。ウルフは、ディキンスンはヒッチコック自身から最新の地質学の講義を受けたと推定している。現在問題にしている詩の第 2 連には次のような異稿があるが、これについてウルフは、ディキンスンがアカデミーで習得した地質学の知識が影響していると述べている（Wolff 319）――

F 124E / J 216

Springs - shake the seals -	来るたびに春は封印を揺すぶる
But the silence - stiffens -	しかし沈黙は硬化する
Frosts unhook - in the Northern Zones -	北極圏の霜が掛け金をはずす
Icicles - crawl from polar Caverns -	つららが極地の穴から這い出す
Midnight in Marble -	大理石をまとった真夜中が
Refutes - the Suns -	太陽に反駁する

当時すでに、過去に氷河期が存在し、ゆっくりと文字通り地質学的な時間をかけて地球が氷河に覆われていったこと、そして

遠い未来に再び次の氷河期が訪れることが、知られていた。ディキンスンは天文学と地質学の両方の知見によって、キリスト教の宇宙観を相対化していたわけである。上掲の異稿の解釈は、現在問題にしている詩の第 2 連の解釈にも影響してくる。

Grand go the Years,	堂々と歳月は進む
In the Crescent above them -	彼らの上の三日月のなかを。
Worlds scoop their Arcs -	世界はその弧をすくい
And Firmaments - row -	天空は漕ぎ進む
Diadems - drop -	王冠は落ち
And Doges - surrender -	総督は屈服する
Soundless as Dots,	雪の円盤の上に
On a Disk of Snow.	点のように音もなく。

最初の 4 行は人間の営みとは比較にならぬ規模で、それ自身の法則に従って、冷厳な機械のごとく無限の運行を続ける壮大な宇宙のヴィジョンである。幾何学的なイメージが宇宙の非人間性を強調する。5, 6 行目は、その宇宙的時間のなかでは一瞬にも等しい人類の生と死の悲喜劇を、帝王の失墜と総督の屈服で要約している。そして最後の 2 行は、人類滅亡後再び訪れた氷河期のヴィジョンである。この最後の 4 行では、極端に音の多様性がなくなり、子音はほとんど[d]音と[s]音だけになる。人類や大半の生物の滅亡後、地球が急速に沈黙の（"Soundless"）惑星と化していくのを表すかのようである。"Disk of Snow" は、最初の 4 行との関係では、白い円盤としての銀河系であり、また地質学上の発見との関係では、氷河に覆われた地球であろう。"Dots" については諸説あるが、"dot" は "period" でもあり、終止を、すなわち、その後に何もないことを示す、沈黙の（"Soundless"）記号であり、ここで提示される宇宙観にはいか

にもふさわしい、という筆者のささやかな説を付け加えておきたい。

第7章

続・復活の教義批判
——ディキンスンの自分だけの天国

前章では、復活の教義に対する強い不信を表明する詩として
"Safe in their Alabaster Chambers -"（F 124F / J 216）を取り上げた
が、今回も、同じような主題を扱ったと思われる作品3篇につ
いて論じたい。まずは、上記の詩の別ヴァージョンではないか
と思えるくらいよく似た次の詩である——

F 624 / J 592

What care the Dead, for Chanticleer -
What care the Dead for Day?
'Tis late your Sunrise vex their face -
And Purple Ribaldry - of Morning

Pour as blank on them
As on the Tier of Wall
The Mason builded, yesterday,
And equally as cool -

What care the Dead for Summer?
The Solstice had no Sun
Could waste the Snow before their Gate -
And knew One Bird a Tune -

Could thrill their Mortised Ear

Of all the Birds that be -

This One - beloved of Mankind

Henceforward cherished be -

What care the Dead for Winter?

Themselves as easy freeze -

June Noon - as January Night -

As soon the South - her Breeze

Of Sycamore - or Cinnamon -

Deposit in a Stone

And put a Stone to keep it Warm -

Give Spices - unto Men -

死者がチャンティクリアにどんな関心を持つのか

死者が日の光にどんな関心を。

もう、あなたの夜明けも彼らの顔を困らすだけ

そして朝の紫色の下卑た冗談が

彼らの上にうつろに注がれる

石工が昨日積み上げた

石塀の上に注ぐように

うつろに、そして同じくらい冷ややかに

死者が夏にどんな関心を持つのか

夏の至点は彼らの門前の雪を

無駄にしてしまう太陽など持たなかった

そしてあらゆる鳥たちのなかで

彼らのほぞ孔の耳を興奮させる調べを

知っている鳥は、一羽もいなかった

人類に愛されてきた、そして、これらからも

慈しまれるだろうチャンティクリアでさえも

死者が冬にどんな関心を持つというのか

彼ら自身、六月の真昼にも

一月の夜にも、同じ位たやすく凍てつくのだ

同じくらい速やかに、南はそのシカモアの、

あるいは、シナモンのそよ風を

石のなかに預け入れ

冷えないように石のふたをし

人々にスパイスをほどこすのだ

第1, 2連で提示された主題が、第3, 4連と第5連（8行構成）でそれぞれ変奏される。主題は単純で、死者は外界のいかなる変化にも反応を示さないということである。いわば死者の絶対的死者性が、嘲笑的に強調されている。第2連の「石工が昨日積み上げた／石塀の上に注ぐように」（"As on the Tier of Wall / The Mason builded, yesterday,"）と第4連の「彼らのほぞ孔の耳」（"their Mortised Ear"）に見られる建築の比喩、そして末尾の「石のなかに預け入れ／冷えないように石のふたをし」（"Deposit in a Stone / And put a Stone to keep it Warm -"）に見られる石棺のイメージが、"Safe in their Alabaster Chambers -" を強く連想させる。

　もし、復活を待つ死者が辛抱強く墓に横たわっている様子を描いたものと解釈すれば、"Safe in their Alabaster Chambers -" と同様に、この詩は、毒にも薬にもならず、何の面白味もない三流の作品に成り下がる。何よりも、"Safe in their Alabaster Chambers -" の場合よりも一層明確な冷笑的、嘲笑的な調子が

説明できない。やはり、これも復活の教義を揶揄した詩としか思えない。ただ、"Safe in their Alabaster Chambers -" では、死者がいくら待っても復活など訪れないことが暗示されるのに対して、この詩ではその反対に、たとえ、キリストが実際に再臨し、チャンティクリアが高らかに復活の時を告げようとも、いったん死んだ者はけっして目覚めることはない、とされる。これは紛れもない戯画である。最初の連の「あなたの夜明け」("your Sunrise") はキリストの再臨を指すのであろう。しかし、死者が目覚めないのであれば、再臨も「朝の紫色の下卑た冗談」("Purple Ribaldry - of Morning") に過ぎないというのは、キリスト教徒にとっては、これ以上はない冒涜である。末尾5行の、死体の防腐処理を保存食のレシピの用語で語るブラック・ユーモアには、自信に満ちた詩人の余裕さえ感じられる。

　チャンティクリア (Chanticleer) は言うまでもなく『カンタベリー物語』の「尼院侍僧の話」("The Nun's Priest's Tale") に登場する「その鳴き声では国中に並ぶ鳥なく、その声は、ミサの日に教会で鳴る心楽しいオルガンの音よりも楽しいものだった」("In all the land of crowing n'as his peer. / His voice was merrier than the merry orgon, / On masse days that in the churches gon.")、あるいは、「寝床で鳴くその鳴き声は柱時計や寺院の時計よりも正確だった」("Well sickerer was his crowing in his lodge, / Than is a clock, or an abbay horloge.") とされる英文学史上に名高い雄鶏である。復活の時を告げる役回りにはうってつけであろう。ちなみに、ここで語られる雄鶏と狐の話の「教訓」(morality) は、「それごらん、向こう見ずで思慮がなく、おだてに乗るとどんなことになるか、[よく分かっただろう]」("Lo, what it is for to be reckless / And negligent, and trust on flattery.") というものだが、これは、ディキンスンがキリスト教に不信を抱いた経緯を想像する場合にも、また、次に取り上げる2番目の詩の主題との関

わりでも、興味深いものであるように思われる。

F 711 / J 476

I meant to have but modest needs -
Such as Content - and Heaven -
Within my income - these could lie
And Life and I - keep even -

But since the last   includcd both -
It would suffice my Prayer
But just for one - to stipulate -
And Grace would grant the Pair -

And so - opon this wise - I prayed -
Great Spirit - Give to me
A Heaven not so large as Your's,
But large enough - for me -

A Smile suffused Jehovah's face -
The Cherubim - withdrew -
Grave Saints stole out to look at me -
And showed their dimples - too -

I left the Place - with all my might -
I threw my Prayer away -
The Quiet Ages picked it up -
And Judgment - twinkled - too -
That one so honest - be extant -

It take the Tale for true -
That "Whatsoever Ye shall ask -
Itself be given You" -

But I, grown shrewder - scan the Skies
With a suspicious Air -
As Children - swindled for the first
All Swindlers - be - infer -

私の要求は控えめだと思っていた
満足と天国だけ。
私の収入で収まるはずだった
生命と私は五分五分だった

しかし、後者は両方を含んでいたから
私の祈りには片方だけを明記すれば
十分で、神の恩寵は両者を
承諾されると思った

だから、このやり方で祈った、
偉大なる霊よ、われに与え給え
あなたのと同じ位大きい天国ではなく
私にとって十分な大きさの天国を、と。

エホヴァの顔に微笑が満ちた
智天使は引き下がった
厳しい聖人たちが私を見ようとやって来て
彼らもえくぼを見せた

私は全力でその場所を後にした

　私は私の祈りを投げ捨てた

　寡黙な時代がそれを拾い上げた

　そして審判もきらめいた

　こんな正直者が現存しているとは

　「なんであれ汝の求めるものは

　与えられるだろう」などというお話を

　真に受けるほどの

　しかし、私は、抜け目なくなって、空を

　疑い深い目で調べる

　初めて騙された子供が

　誰に会っても詐欺師だと思うように

4-8 行目をのぞけば、大意を述べることはさして困難ではない。ディキンスンの詩にはしばしば出てくる死後世界の空想だが、明らかに、ここでもキリスト教的天国が戯画化されている。マタイによる福音書中の有名な教え、「求めよ、さらば与えられん」（"Ask, and it shall be given you." ［Matthew 7:7］）を真に受けた語り手は、「偉大なる霊」に「あなたのと同じ位大きい天国ではなく／私にとって十分な大きさの天国」を、すなわち語り手自身の身の丈に合った天国を求める。ところが、その願いはエホヴァによって、やさしく、しかし、すげなく却下されるのである。「智天使」や「聖人たち」は、そのような前代未聞の願いを耳にして、もの珍しがり、同時に、呆れ果てているようにさえ見える。当然ながら、キリスト教の教義のもとでは、天国はただひとつであって、個々人の身の丈に合わせた複数の天国が存在するわけではない。もし語り手がそのように信じているならば、それは異端にほかならない。予期に反した反応に、語り

第７章　続・復活の教義批判　109

手は自分の無知を恥じて、「その場所」を全力で立ち去り、以後は、疑い深い目で空（天国）を「調べる」（"scan"）ようになる。最後の連には、聖書の言葉を無邪気に信じた子供が、それが寓話に過ぎないことを、あるいは、大人の作った嘘であることを知ったときの衝撃の大きさが暗示されている。だが、一方で、天国の住人たち（大人たち）の方も、「求めよ、さらば与えられん」などといった「お話」（"Tale"）を信じるような正直な人間が「現存している」（"be extant"）とは想像だにしなかったのである。

　この詩の難点は4-8行目である。"And Life and I - keep even - // But since the last - included both -"とはいかなることか。「私」とは「五分五分の」あるいは「半々の」関係にあるこの "Life" とはいったい何か。「後者」（"the last"）である「私」（"I"）が、"Life" と「私」の両方を含むとは、どういう意味か。もし "Life" が文字通りの意味だとすれば、「私」のなかに「生命」と「私」がともに存在するというのは、当然と言えば当然のことであって、いわずもがなではないか。どう考えても、"Life" が通常の意味の「生命」であるとすると、意味をなさず、辻褄も合わない。その上、不可解なことに、語り手は、この "Life" の存在を、身勝手な理屈（"But since the last - included both - / It would suffice my Prayer / But just for one - to stipulate -"）をつけて、「偉大なる霊」の眼から隠そうとしているように見える。"Life" は「私」のなかに含まれるから、天国へのパスポートとも呼ぶべき「祈り」（"Prayer"）には、「私」だけを明記しておけばよい。「神の恩寵」が「私」の入国を承諾したとすれば、それは "Life" の入国をも認めたことになる、という何やら法の不備を口実に己が良心を言いくるめる密輸業者のようにさえ聞こえる。この "Life" は、どうやらキリスト教の天国に持ち込むことが憚られるものらしい。語り手は、そのような疚しさがあるからこそ、一人前の天

国ではなく、自分の身の丈に合った、控えめな天国を求めたのではないか。したがって、エホヴァが「私」の入国を拒絶したのは、天国がひとつで、個々の身の丈に合った天国など存在しないという理由からだけでなく、「私」が、"Life" を所持していることを申告することなく、「天国」の門をいわばすり抜けようとしたからではなかったのか。

　どうやらディキンスンは読者に謎をかけているらしい。「"Life" が何を指すのかは、ご自分でお考えあれ」と。しかしながら、ほかの多くの謎々詩（riddle poems）と同じように、答えを見出すのはけっして難しくないはずである。彼女の謎々が難しいと感じられるのは、実は作品中に与えられたヒントを見逃しているか、あるいは、ひとつのアプローチにこだわり過ぎて、柔軟な発想の転換ができない場合が多い。また、その謎々が、例えば、ディキンスンの生涯をくまなく調べなければ分からないような特殊なものであれば、万人に解ける謎々とは言えない。その場合、この詩はきわめて個人的なものとなって、詩としての公的な価値を失うだろう。

　したがって、もしこの詩がすぐれた詩であるとするならば、"Life" は、詩人にも読者にも明々白々の、しかし灯台下暗しの事実を指しているはずだ。こういう場合、仮説を立てて、それを次々に当てはめながら読み直すほかはない。詩の細部までを明確に説明できる仮説が「正解」であるはずだ。しかし、筆者の頭に浮かんで来る仮説は、残念ながら、ただひとつである。近年、ディキンスン批評においては、彼女の多くの謎めいた詩が、自己言及的な「詩についての詩」（poems on poetry）として読み得ることが注目されている。この詩においても、筆者は、この "Life" が詩（poetry）を指すものと解釈してみたい。まず、詩がディキンスンにとって自分の「生命」と同様に尊いものであったことを、ここであらためて力説する必要はあるまい。だ

第7章　続・復活の教義批判　111

からこそ、"Life" が、一個の実存としての "I" と、「五分五分で
ある」と言い得るわけだ（"And Life and I - keep even -"）。次に、
"Life" が詩であるとすれば、それをキリスト教の天国に持ち込
めないのも道理である。なぜなら、いまさらここに列挙するま
でもなく、彼女の詩作品のなかには、復活、三位一体、魂の不
滅などキリスト教の教義に疑義を呈し、真っ向から否定し、揶
揄し、あるいは嘲笑したものが少なくないからである。それば
かりか、これもディキンスン批評においては常識の部類だが、
ディキンスンは多くの詩で、近代科学や超越主義等の影響を受
けつつ、独自の自然観、宇宙観を示そうと試みており、これは
キリスト教の側から見れば明白な異端思想であるからだ。何よ
りも、いまわれわれが検討しているこの詩こそが、キリスト教
の天国には持ち込めない種類のものである。やはり、謎々のヒ
ントは読者の眼前に置かれているのだ。

F 662 / J 542

I had no Cause to be awake -

My Best - was gone to sleep -

And Morn a new politeness took -

And failed to wake them up -

But called the others - clear -

And passed their Curtains by -

Sweet Morning - When I oversleep -

Knock - Recollect - to Me -

I looked at Sunrise - Once -

And then I looked at Them -

And wishfulness in me arose -

For Circumstance the same -

'Twas such an Ample Peace -
It could not hold a Sigh -
'Twas Sabbath - with the Bells divorced -
'Twas Sunset - all the Day -

So choosing but a Gown -
And taking but a Prayer -
The Only Raiment I should need -
I struggled - and was There -

私には目覚めている理由がなかった
私の最良の部分は眠りについていた
そして朝は新しい品のよさを帯び
彼らを起こしそこなったが
その他の者たちの名前をはっきり呼び
彼らのカーテンの傍らを通っていった
甘美な朝よ、私が寝坊したら
ノックして、思い出させておくれ

私は一度日の出を見た
それから彼らを見た
私のなかに希望が湧いてきた
というのも、あたりはまったく同じだったから

私はあり余る安らぎに包まれていた
ため息が漏れた
安息日だった、鐘は切り離されていた

一日中、日没だった

だからガウンだけを選び出し
私に必要な唯一の衣服である
お祈りだけを携えて
やっとのことで、そこに至った

この3番目の詩はもっとも手ごわい。眠りの後の目覚めが描かれていることは確かだが、その目覚めの後に展開する世界がどうにも奇妙で、理解に苦しむ。ただの眠りと目覚めでないことは間違いないが、疑問は尽きない。4行目でいきなり出てくる "them" とは誰か。その一方で5行目の "the others" は誰なのか。9行目 "I looked at Sunrise - Once -" では、なぜ日の出を見るのは一度なのか。10行目の "Them" は4行目の "them" に同じなのか、それとも5行目の "the others" を受けるのか。なぜ、その「彼ら」を見て希望が湧くのか。12行目の「というのも、あたりはまったく同じだったから」("For Circumstance the same -") とはどういう意味か。極めつけは16行目の「一日中、日没だった」(" 'Twas Sunset - all the Day -") である。そんな世界がどこにあるのか。そして、最終行の "There" とはどこか、等々。これらの不可解な細部をすべて説明できなければ「正しい」解釈とは言えない。ディキンスンの詩にポスト構造主義の諸理論を応用するのも大いに結構だが、それは、上のような細部の矛盾を解消し得る読解を得た後の話である。

　まず、眠りと目覚めは、死と復活を表すと解釈できる。それならば、9行目の「私は一度日の出を見た」は説明がつく。復活はただ一度しか起こらず、その後は救済された魂にとっては永遠の「昼」が続くからだ。生前の不信心にもかかわらず、結局、ディキンスンにも、死後、復活の時が訪れたことを幻想し

た詩であろうか。しかし、復活の朝が「起こしそこなった」者たちがいるのはどういうことか。ディキンスンでさえ目覚めたのであれば、キリスト教を信じなかったほかの人々もすべて目覚めるはずではないか。しかし、不信心のディキンスンが目覚めた一方で目覚めない人々というのは、ディキンスンと立場が正反対の人々であるとも一応仮定できる。それに対して、10行目の「それから彼らを見た」（"And then I looked at Them -"）の「彼ら」をディキンスンと一緒に目覚めた「その他の者たち」（"the others"）と取り、ディキンスンと同類の人々だとすれば、11行目の「私のなかに希望が湧いてきた」（"And wishfulness in me arose -"）は理解しやすい。ディキンスンと「彼ら」の生前の信念の正しさが証明されたことを暗示していると取れるからだ。12行目の「というのも、あたりはまったく同じだったから」は、復活後の天国（楽園）においても、住人は生前とまったく同じ「環境」で生活するという発想であろう。13, 14行目、15行目の前半までは説明不要だろう。後半の「安息日だった、鐘は切り離されていた」（" 'Twas Sabbath - with the Bells divorced -"）は、永遠世界においては、時刻を告げ、慶事や凶事を知らせる鐘は不要だとも考えられるが、安息日における教会員の集まりも不要になったということかもしれない。いずれにせよ、キリスト教から疎外されていたディキンスンにとって、安息日ごとに聞こえてくる教会の鐘の音は、けっして快いものではなかったはずである。最終連の解釈は後回しにする。

　ディキンスンの生前の不信にもかかわらず、死後目覚めてみれば予期に反して復活が実現していた、ということであろうか。それなら多くの細部が説明できるが、ただひとつ、ディキンスンと何らかの点で異なる立場であったらしい人々が目覚めていないというのは、どういう意味であろうか。

　謎を解くひとつの手掛かりが、16行目の一見奇妙な「一日

中、日没だった」（" 'Twas Sunset - all the Day -"）である。ディキンスンの作品を読み慣れた読者には、思い当たる節があるだろう。日没はディキンスンのお気に入りの主題であって、例えば "She sweeps with many-colored Brooms -"（F 318 / J 219）、"Blazing in Gold and quenching in Purple"（F 321 / J 228）、そして "How the old Mountains drip with Sunset"（F 327 / J 291）など、多くの作品で取り上げられているからだ。つまり、いまディキンスンがいるのは、一日中、日没の景色が眺められるディキンスンが理想とする天国なのである。これは 2 番目の詩に出てきた「私にとって十分な大きさの天国」を想起させる。先の詩では、ディキンスンは自分にふさわしい天国を求めて、エホヴァに拒絶されたのであるが、この詩においては、その天国が実現しているのだ。すなわち、この詩でディキンスンが目覚めたのは、キリスト教の天国ではなく、彼女自身が心に思い描く天国なのである。だとすれば、そのディキンスンの天国で目覚めることができぬ人々とは、ほかならぬキリスト教信者であろう。だとすると、このキリスト教信者たちは、前述のようにいきなり "them" と代名詞で出てくるわけだが、"Safe in their Alabaster Chambers -" でも復活を信じる敬虔なキリスト教者たちは、冒頭行の代名詞 "their" として登場する。ふたつの詩の辛辣で物騒な内容からして、キリスト教信者を名指しできず、代名詞でしか呼べないのはよく理解できよう。

　ディキンスンはなぜこのような理想の天国に自分が復活する夢想を、詩に描き出したのか。無論、そのような死後世界を信じていたからではないだろう。これは英語でいう "sour grapes"、つまり「負け惜しみ」の詩である。

　周知のように、ディキンスンは、友人知人を含めて、周囲が全員キリスト教徒という状況のなかで、自分ひとりが信仰告白できず、一度も教会員になることなく、その生涯を送った。堅

い信念に基づくものであったにせよ、ボストンとは違い、宗教的に保守的なアーマストの町で、そのような生活を貫くことは、さぞや辛かったはずである。復活の教義を信じて、死後の世界に何の怖れも抱くことなく生きられれば、何と心穏やかなことかと、ディキンスンは何度も考えたに違いない。ある日ディキンスンは、そんな苦しみや怖れを自分ひとりが味わわなければならないのはフェアではない、と思い至る。ディキンスンはキリスト教徒ではないがゆえに、そして、復活の教義を信じないがゆえに、死後キリスト教の天国に蘇ることはない。彼女はキリスト教の天国からは締め出されている。それならば、たとえ詩のなかだけのことであれ、自分自身の理想の天国を造り出し、そこに自分と自分の同類の人々だけを蘇らせてやろう。キリスト教徒には目覚めぬまま、永遠に眠り続けるという苦しみを与えてやろう、というわけである。いささか子供じみた発想である。しかしながら、宗教の独善的教義が、いかに少数者を苦しめ、不幸にするかについての、皮肉の効いた告発となっている。

　この詩はディキンスンの作品にはほかに類例がないように見えるかもしれないが、実はそうでもない。例えば、負け惜しみの詩として読み得るものに、よく知られたアンソロジー・ピースである "Some keep the Sabbath going to church -"（F 236B / J 324）がある。

Some - keep the Sabbath - going to church -

I - keep it - staying at Home -

With a Bobolink - for a Chorister -

And an Orchard - for a Dome -

Some - keep the Sabbath, in Surplice -

I - just wear my wings -

第 7 章　続・復活の教義批判　117

And instead of tolling the bell, for church -

Our little Sexton - sings -

"God" - preaches - a *noted* Clergyman -

And the sermon is never long,

So - instead of getting to Heaven - at last -

I'm - going - all along!

教会へ通って安息日を守る人がいる
私は家にいて守る
ボボリンクが聖歌隊員
果樹園が丸天井代わり

白衣を着て安息日を守る人がいる
私は翼をつけるだけ
礼拝のために鐘を鳴らす代わりに
私の小さな堂守がさえずる

名高い牧師である神が説教する
説教はけっして長くない。だから
最後の最後に天国に行く代わりに
私はいつも通い続けている

この詩をもって、ディキンスンは教会へ通わずとも、常に内な
る教会において、直に神と交流していたと断じるべきではない。
この詩の調子には敬虔さも神秘性も一切感じられない。むしろ、
軽さと諧謔が際立っている。その上、ここに見える神との交流
のヴィジョンはあまりに安直である。これは、結果的に自分を
疎外している教会に対するあてつけであり、負け惜しみである

と解釈されるべきである。末尾の2行には、キリスト教徒を「背面世界論者」とこきおろしたニーチェの辛辣ささえ感じられる。

　以上、仮説と多くの推測に基づく解釈であるが、最初一読して不可解に思われた細部をほぼすべて説明できているはずである（仮説と推測に頼る読解を、それだけで否定する向きもあるだろうが、大胆な仮説や推測がなければ、ディキンスンの難解な作品の多くが、永遠に謎のままとなるだろう）。しかしながら、もしさらに合理的で、かつ、この詩の作品としての価値をいっそう高める解釈があれば、筆者は以上の解釈を喜んで撤回するつもりでいる。

　さて、先ほど後回しにした最終連の解釈だが、これにはあまり自信がない——

　I struggled - and was There - 　　　　　　やっとのことで、そこに至った

語り手は自分自身の天国に蘇った後にも、何らかの葛藤（struggle）を経て、「そこに至っ」ているわけだが、「そこ」とはどこか。筆者には、ディキンスンについての一般的な知識以外に何の根拠もないが、これはイエスの面前と考えたい。磔刑後、復活の奇跡や三位一体説によって神格化されたイエス・キリストではなく、人間イエスである。ディキンスンは自分の理想の天国を造り出したが、そこに、生前に犯した罪を何ら清めることなしに住もうとは、毛頭考えていない。敬愛する人間イエスの口からであれば、自分の犯した罪に対する叱責を受ける覚悟はあるのだろう。それゆえ、架空の天国の主として、ナザレのイエスを配したのである。

第３部

狂気と絶望

第8章

葬儀空想か理性の死か
──初期批評は正しい

F 340 / J 280

I felt a Funeral, in my Brain,
And Mourners to and fro
Kept treading - treading - till it seemed
That Sense was breaking through -

And when they all were seated,
A Service, like a Drum -
Kept beating - beating - till I thought
My mind was going numb -

And then I heard them lift a Box
And creak across my Soul
With those same Boots of Lead, again,
Then Space - began to toll,

As all the Heavens were a Bell,
And Being, but an Ear,
And I, and Silence, some strange Race
Wrecked, solitary, here -

And then a Plank in Reason, broke,

And I dropped down, and down -

And hit a World, at every plunge,

And Finished knowing - then -

私は頭の中に葬式を感じた

そして会葬者があちこちと

踏み歩き、踏み歩き、とうとう

正気が破れていくように思えた

そしてみんなが席につくと

お祈りが、太鼓のように

響き、響き続けて、とうとう

私の精神が麻痺していく気がした

それから彼らが棺を持ち上げ

またもや同じ「鉛の靴」を履き

床を軋ませて、私の魂を横切るのが聞こえた

そして天空が鳴りはじめた、

まるで空全体が一つの鐘になり

存在が一つの耳になったかのように

そして私と沈黙は、よそ者の種族となって

ここで、ぽつんと、難破した

それから理性の板が割れて

私は落ちた、下へ、下へと

そして落ちるごとに、別の世界にぶつかり

そしてそれから知ることを止めた

ディキンスン作品中の屈指の傑作である。これは「絶望の心理」、あるいはより正確には「理性の死」を主題とする詩であって、断じて、自分自身の葬儀を空想したものではない。私見では、この詩の大筋の意味は1960年代初めのディキンスン研究によって既に確定されている。しかしながら、1980年代以降、内外において、この60年代の研究を再検討することなく（あるいは忘却したかのごとく）、葬儀空想説が、墓から蘇った死体のごとく徘徊している。したがって、ここでは「理性の死」説の動かしがたさを確認しておきたい。

　前回の "Safe in their Alabaster Chambers -"（F 124 / J 216）を論じた第6章では、1960年のチャールズ・R・アンダソン（Charles R. Anderson）による解釈の不徹底を、1986年のシンシア・グリフィン・ウルフ（Cynthia Griffin Wolff）らの解釈によって指摘したが、今回は皮肉にもウルフの誤りをアンダソンによって正すことになる。ウルフの解釈は次の一文に集約されている――

　　何がこの詩を驚くべきものにしているかといえば、もちろん、現実世界では会葬者が観察する葬儀をここでは死者自身が観察して報告していることである。

　　What makes this poem startling, of course, is that the ritual observed in real life by the mourners is reported here by the deceased itself.

　　　　　　　　　　　　　　　　　　　　　　　　　（Wolff 228）

この葬儀空想説の根拠として、ウルフは「自分自身の葬儀を目撃し自分自身の弔辞を読むことが、わが文化［ニューイングランド文化］のもっともありふれた幻想のひとつであり、わが文学のありふれた構成要素となっている」（"...seeing one's own

funeral and reading one's own obituary are among the most common
fantasies of our culture, and they have become stock components of our
literature as well." [Wolff 229]）ことを指摘する。文化的コンテク
ストによる解釈の補強だが、残念ながら葬儀空想説に取り憑か
れたウルフは、テクスト自体の解釈において矛盾と混乱に陥っ
ている。そして結果として、葬儀空想説に従えば個々の詩行が
いかに不可解なものに見えるかを詳細に報告することになって
しまった。まず、伝統的な葬儀の空想では、死者は、会葬者が
自分の死について何を述べるかを想像するのだが、ウルフはこ
の詩の会葬者たちがまったくの無言であることを不審に感じて
いる。彼女はこの会葬者たちが人間であることを信じて疑わな
いのである。ウルフはまた、「葬儀を感じる」、「精神が麻痺する」、
「棺が魂の上を運ばれる」、「存在が耳と化す」などの表現をまっ
たく理解できないらしく、「死の破壊的な力」（"the disruptive
capacity of death"）によって、「あらゆる区別が混乱している」（"a
jumbling together of all categories"）ためであると、苦肉の説明を
せざるを得ない。さらに、17 行目の「それから理性の板が割
れて」（"And then a Plank in Reason, broke,"）について「最終連
の理性の『板』は現代の読者には謎めいて見えるかもしれない」
（"The 'Plank' of reason in the last stanza may seem cryptic to a modern
reader;..."）と述べ、これが 19 世紀の読者にとっては「謎めいて」
いなかったことを証明するために、わざわざ当時のある宗教書
中のアレゴリカルな挿絵を持ち出して来る（しかし、その絵で
は深淵に渡された板は "Reason" ではなく "Faith" と銘打たれて
いるのだから笑止である [Wolff 231]）。後述するように、「理
性の死」説に立てば、上記の 1 行に「謎めいた」ところはまっ
たくない。

　　以下に、ウルフと同様に葬儀空想説を取る研究者を何人か紹
介する。

亀井俊介氏編訳の『対訳ディキンソン詩集』は、「その背後には、彼女の『恋愛』の放棄による絶望の思いがあったかもしれないが」と、一応、「絶望の心理」説が存在することをほのめかしてはいるが、敢えて「自分の『死』の有様を凝視することに詩的情熱をそそいだ」時期の作品であるとし、第1行目の "I felt a Funeral, in my Brain," に注釈して、「詩人はいま死んで、棺の中に横たわっている」と断定している。死の凝視がニューイングランドの詩人の伝統であると記していることから考えて、亀井氏はこの詩の解釈においては、ウルフとまったく同意見であると推察される（亀井 80）。

　二説が完全に両立可能であるとする見解もある。ウェンディ・マーティン（Wendy Martin）編の論文集 The Cambridge Companion to Emily Dickinson に収められたデイヴィッド・S・レナルズ（David S. Reynolds）の論文 "Emily Dickinson and Popular Culture" である。レナルズは、ジョージ・リパード（George Lippard）の小説 The Quaker City（1845）に代表される当時の大衆扇情文学（"popular sensationalist literature"）の流行と、ディキンスンの詩の同質性を指摘しながら、次のように述べている——

語り手が「脳の中で葬式を感じた」［強調引用者］という事実は、この詩を同時にふたつの方向へ差し向ける。第一に、実際の葬儀とそれに続く来世への旅の描写へ。第二に、狂気への落下とそれに続く理性の破綻の描写へ。

The fact that the speaker "*felt* a Funeral, in my *Brain*" [my italics] points the poem in two directions simultaneously: first, toward a delineation of an actual funeral service, followed by passage into the after-life; and second, toward a description of a descent into madness, followed by the collapse of reason.　　　　　　（Reynolds 180）

レナルズはこれらが「この詩の二大主題」（"the poem's two major themes"[Reynolds 180]）であると明言しているが、葬儀空想説を強く否定している 1960 年代初期のディキンスン研究を論駁してからでなければ、二説両立を唱えることはできない。レナルズの論文は、この詩についての先行研究にまったく言及していない。この詩のゴシック性を高める目的のためだけに、両立を主張しているのではないかと疑われる。

　ウルフによる伝記の前年（1985 年）に出た『エミリ・ディキンスン——天国獲得のストラテジー』は、著者稲田勝彦氏が、「絶望の心理」あるいは「理性の死」説と葬儀空想説の両説の存在をよく認識しながらも、いずれの説に与すべきか踏み迷っていることを示している——

　この有名な詩は、アンダソンも指摘しているように、その「ショーを盗むほど」の圧倒的な葬式のイメージのために、読者がこれを「病める魂が自分の死を空想したものとしか読まないという危険性を持っている」。確かに、会葬者が集合し、葬式が執り行われ、出棺となり、弔鐘の鳴り響くなかを野辺送りの葬列が行き、墓穴のなかに棺が下ろされるという一連の葬式の描写は圧巻である。しかし、詩人の立場は奇妙に錯綜しているようだ。まず、自分の脳のなかに葬式を感じている＜私＞がいる。しかし、＜私＞はまた会葬者や棺のなかに横たわって、自分の葬儀の模様を逐一観察する＜私＞がいる。しかし＜私＞はまた会葬者や棺を担ぐ人の鉛のブーツが自分の肉体や魂を踏みつける痛みを感じている、ということは、＜私＞は葬儀がおこなわれている教会堂あるいは部屋でもあるわけだ。これを一種の矛盾であるというなら、その矛盾は、死者の立場から葬式を描

くというディキンスン得意の手法をとりながら、詩人の目的があくまで痛み——麻痺——失神と続く肉体的感覚を表現することにあったというところから来る。　（稲田 81-82）

後述するアンダソンの研究書を引用しながらも、葬儀空想説の呪縛から逃れられないようである。その矛盾のために混乱した議論になっているが、最後の一文からすれば、「絶望の心理」説に傾いているように思われる。

　次に、「絶望の心理」説ないし「理性の死」説の支持者たちを紹介する。

　日本のディキンスン研究の先駆者、新倉俊一氏の『エミリ・ディキンスン——研究と詩抄』は、この詩に関して、きわめて簡潔に「葬儀のイメージをかりて、実は葬儀自体をではなく絶望の心理状態を描写しているのである」としている（新倉『研究と詩抄』81）。主題は「絶望の心理」であり、葬儀ではないとの明快な立場である。新倉氏の解釈は明らかに、最も初期の注釈者アンダソンの *Emily Dickinson's Poetry: Stairway of Surprise* (1960)に依拠している。私見では、このアンダソンの説はきわめて有力な解釈であり、後述するように、その後のディキンスン研究者にも踏襲する人は多い。以下に、アンダソンの解釈からその核心部分を引用する——

　おそらくこの詩のただひとつの欠陥は、「葬儀」のメタファーが主役の座を奪いかけていることである。おそろしく芝居がかった儀式が、不気味なディテールともども、当初光を当てようとした霊的な死から読者の注意を逸らしてしまいがちだ。彼女が「絶望」に喩えたあの極端な肉体的苦痛が主題であることを明言する必要はもちろんなかったが、その性質と効果は、一連のイメージの最終的な意味として、もっ

と鮮明に喚起すべきだったろう。そこのところが今ひとつ
足らなかったがゆえに、この詩は、病的な魂が自分自身の
死を想像する単なる幻想詩と誤読される危険が高い。そう
なればこの詩の意義はまちがいなく減じてしまう。

Perhaps the only flaw in this poem is that the metaphor of 'Funeral'
comes near stealing the show. The powerfully dramatized ceremony,
with all its ghastly detail, tends to draw the reader's attention away
from the spiritual death it was intended to illuminate. That extreme
form of mortal pain she likened to 'despair' did not need to be
named as her theme, to be sure, but its qualities and effects should
have been more vividly evoked as the final meaning of the whole
sequence of images. Since this was not quite adequately done, there
is some danger of the poem being misread as merely the fantasy of a
morbid soul imaging its own death, which would certainly diminish
its significance.　　　　　　　　　　　　　　　　（Anderson 209-10）

アンダソンは、この詩の主題が「絶望の心理」（アンダソンの
用語では「霊的な死」［“the spiritual death”]）であり、葬儀のイ
メージはメタファーに過ぎず、この主従を取り違える「誤読」
に注意するよう警告している。そして死（葬儀）を主題とする
作品として誤読した場合には、詩としての意義が減じると自信
をもって断じている。アンダソンは誤読を招きがちなこの詩の
特質を「欠陥」（“flaw”）と呼んでいる。この評価の妥当性につ
いては措くとして、その背後には、この詩がしばしば葬儀の空
想と誤読されて来たことに対するアンダソンの苛立ちが感じら
れる。
　さてアンダソンの強い調子の警告にもかかわらず、その後も、
この詩は誤読され続けたのか、1964 年には、今度はクラーク・

グリフィス（Clark Griffith）が、その著書 *The Long Shadow: Emily Dickinson's Tragic Poetry* において、この詩の主題が葬儀の空想ではなく、理性の破綻であることを、さらに力強く説いている。その冒頭部分には、蔓延する誤読に対する、アンダソンを上回る苛立ちが表れている——

まず最初にこの詩が何でないかを示せば、視界が開けてくるだろう。第一に、これはいかなる客観的、形式的な意味においても、葬儀の描写を意図した詩ではない。たしかに葬儀は存在しているが、それは内面化されている。したがって「脳」のなかで執り行われるのだ。また、この詩は葬儀を想像しようとする試みでもない。冒頭で使われる動詞は「感じた」であって、「想像した」でも「幻視した」でもない。葬儀についての夢として読むこともできない。… 明らかに、エミリ・ディキンスンは狂気の攻撃と勝利によって理性が破綻することについて書いているのだ。

We will get our bearings most readily if we first attempt to demonstrate what the poem is not. For one thing, it is not meant to be a description of the funeral in any objective or formal sense. Though the funeral exists, it has been internalized, so that it takes place in the *Brain*. Nor is the poem an attempt to imagine the funeral. The introductory verb is *felt*, not imagined or fancied. Nor can it be read successfully as a dream about the funeral. … Obviously, Emily Dickinson has been concerned with the breakup of rational powers, with the onset and triumph of lunacy.　　（Griffith 246-47）

この後に3頁（247-50）にわたって続く、詳細で明快なテクスト分析を読んだ者なら、けっして葬儀空想説を唱えることはで

きないはずである。引用は省くがこのほかにも、1970年出版の本格的な伝記 *The Life of Emily Dickinson* における著者リチャード・B・シューアル（Richard B. Sewall）のこの詩に対する認識もアンダソンやグリフィスの見解を引き継ぐものであるし（伝記であるから当然、絶望の原因についての推論が付加されている）、翌年のジョン・コーディ（John Cody）の *After Great Pain: The Inner Life of Emily Dickinson*（1971）も絶望の心理説あるいは「理性の死」説を採っている。この研究書はディキンスンが精神病質であり、また実際に狂気を経験したことを懸命に証明しようとして、ずいぶん物議をかもしたが、ことテクストの読みに関しては正確である。

　さらに、ディキンスンの作品中からも「理性の死」説を裏づける傍証を引くことができる──

F 867 / J 922

I felt a Cleaving in my Mind -	私は頭の中に亀裂を感じた
As if my Brain had split -	脳が破れたみたいだった
I tried to match it - Seam by Seam -	私は縫い目を綴じ合わせようとした
But could not make them fit -	でもどうしても合わなかった
The thought behind, I strove to join	後ろの考えを前の考えに
Unto the thought before -	つなごうと頑張った
But Sequence ravelled out of Sound -	でもふたつとも音もなくほつれて
Like Balls - upon a Floor -	糸玉のように床に落ちた

このよく似た1行で始まる詩が、理性の破綻あるいは狂気の一歩手前に現れる（であろうとディキンスンが想像する）症状を表現したものであることは、まったく説明の必要はないだろう。

さて、この章で問題にしている詩の解釈については、上に引用あるいは言及した研究書にほとんどすべてが尽くされているが、一応以下にまとめておこう。まず、冒頭の "I felt a Funeral, in my Brain," を、「頭の中で」葬儀を空想したものと取ってはならない。それでは敢えて "felt" を使った意味がなくなる。アンダソンがわざわざ「この詩の舞台は脳の皮質の内部である」("The stage lies within the cortex of the brain,..."［Anderson 208］) と述べているように、語り手は脳の内部に「葬儀を感じている」のである。なぜ、「感じた」("felt") かと言えば、脳のなかは見えないからだ。この詩の最初の4連では聴覚が視覚を圧倒している。そこから「私」は暗い棺のなかに横たわっているのだという単純な誤解が生じ易い。確かに脳のなかでは葬儀が行われている。しかし、それは「私」の葬儀ではない。棺のなかに「私」が入っているのならば、9行目の "a Box" は "the Box" ないし "my Box" となるべきである。葬儀空想説のテクスト読解上の致命的な欠陥のひとつは、この不定冠詞 "a" を明確に説明できないことである（亀井 81 を参照）。「理性の死」説では、この棺に横たわっているのは「私」ではない。そこに入っているのは「私」の理性なのである。ここでは棺に入れられた理性の葬儀が行われているのである。参列しているのは人間ではない。理性以外の精神の諸機能が、仲間の葬儀に立ち会っているのである。かつて、このような身の毛もよだつ幻想を記録した文学があったであろうか。この幻想ひとつとっても、ディキンスンが不世出の天才であったことを証明できるとさえ筆者は考える。"Funeral" という語を見て、棺のなかの人間の遺体しか思い浮かべられないとすれば、それはあまりに紋切り型の反応ではないか。

　11行目の "those same Boots of Lead" の "same" は、アンダソンが指摘しているように、"a Box" もまた鉛製であることを暗示

している（Anderson 209）。12, 13行目の "Then Space - began to toll, // As all the Heavens were a Bell," も、現実に教会の鐘が鳴り響いているわけではない。これは精神的危機に見舞われた際の、脳内の何らかの異常（たとえば耐え難い頭痛や耳鳴りのようなもの）を指している。15, 16行目の "And I, and Silence, some strange Race / Wrecked, solitary, here -" は、全宇宙（"Space", "the Heavens"）が「音」と化した後に取り残された「私」と「沈黙」は、「よそ者の種族」であると、多少のユーモアを込めて述べているのである。

最終連の曖昧さは、葬儀空想説を生むもうひとつの原因となった。多くの人々が、ここに墓穴に象徴される死への落下を見てしまう。これも紋切り型の反応である。死後の世界への転落であれば、なぜ「理性の板」が割れなければならないのか。また、葬儀空想説に従えば、この "Plank" は棺の底板であって、それが割れて、なかの「私」が落下するということに当然なるであろう。しかし、棺の底板が（死体の重みで）割れるというのはあまりに馬鹿げている。そもそも、先述したように、この棺は鉛製である。また、葬儀空想説に固執する読者は、最終行 "And Finished knowing - then -" を盾に、ここで「私」は死んでいるではないかと言い張るかもしれない。確かに、"Finished knowing" を意識の消滅と取ればそうなるだろう。だが、ほかの解釈の余地もある。

「理性の死」説では、この最終連は狂気への転落を視覚イメージ化したものと解釈する。とすれば、割れるのが「理性の板」であるのは当然である。落ちるたびに新しい世界にぶち当たるのは、精神異常が徐々に進行するに従って、周りの世界が異なって見えて来ることを表している。最終行の "knowing" は、口語用法の "know better"（分別がある）におけるのと同じ意味である。従って "Finished knowing" は「理性的な思考ができなくなっ

た」（発狂）を意味するのである。

　最後に、少々冒険的な、しかし反駁の難しいであろう仮説を唱えてみたい。「理性の死」説に立てば、この詩は恐ろしく深刻で、救いようのないほど暗い作品に見えるかもしれない。ところが、この詩には途轍もない諧謔が隠されている可能性がある。上の解釈では意図的に触れなかった 14 行目である──

And Being, but an Ear,　　　　　　存在が一つの耳になった

第一義には脳内から発する大音響に聴覚以外のすべての感覚が麻痺し、あたかも自分の全存在が「耳」になったかのような感覚を表している。しかし、この一行は 19 世紀アメリカ文学中の最も有名な文句のひとつを連想させないだろうか──

I become a transparent eye-ball; I am nothing; I see all;...

ディキンスンがエマソンを愛読したこと、エマソンがディキンスンの兄オースティンの家を訪問したこと（ディキンスンは、彼女のいつもの性癖から会うのを避けたらしい）などはよく知られている。また最近は、従姉妹のルイーザ・ノークロス（Louisa Norcross）とフランシス・ノークロス（Frances Norcross）を介して、コンコードの超越主義者たちの動向に、従来考えられた以上に通じていたらしいことが分かりつつある。もし、"And Being, but an Ear," の一行が、エマソンの向こうを張って、大思想家の真面目な思想を茶化すパロディーであるとしたら……エミリとはおそるべき天才である。

第9章

漫歩する石ころとしての詩人

F 982 / J 919

If I can stop one Heart from breaking

I shall not live in vain

If I can ease one Life the Aching

Or cool one Pain

Or help one fainting Robin

Unto his Nest again

I shall not live in vain.

もし私に、ひとつの心が破れるのを防げるなら

私は無駄に生きたことにはならない

もしひとつの人生にわたる痛みを和らげられたら

あるいはひとつの苦しみを癒せたら

あるいは気絶した駒鳥を

もとの巣に戻せたら

私は無駄に生きたことにはならない

よく知られている詩で、いまさらと思われるだろうが、自明か
もしれない注釈を記しておく。まず読者は一読して、他人の苦
しみを座視できず、少しでも力になりたいと願う語り手のやさ

しい心根に打たれるだろう。それだけで満足する読者も少なくないかもしれない。しかし、もう少し注意深く読めば、語り手が段階を踏んで、自己を卑下していることに気づくだろう。具体的には、自分にできることをより小さなものに格下げしていくのである。語り手は「もし私に、ひとつの心が破れるのを防げるなら」と言うが、家族や友人の死によって、あるいは失恋によって他人の「心が破れる」のを事前に防ぐことは、人間の力の及ばぬ、神だけになし得ることである。もしそういうことができたなら、「私は無駄に生きたことにはならない」（"I shall not live in vain"）どころか、「自分も大いに世の役に立てた」と胸を張って言えるだろう。しかし、語り手も初めからそんな大それたことができるとは思っていない。したがって2行目と3行目の行間には、「いやいや、そんなことはとても私などにはできない」という声にならない独白を、読者は聞き取るべきだろう。次に語り手は「もしひとつの人生にわたる痛みを和らげられたら」（"If I can ease one Life the Aching"）と願う。なるほど、できることが格下げされている。だが、人に一生つきまとうような苦しみを和らげるというのもまた、聖人ならざる者にとっては至難のわざであろう。この直後の行間にも「いやいや、私などにはとてもできない」という語り手の嘆息が聞こえてくる。次は「あるいはひとつの苦しみを癒せたら」である。苦しみがまた一段階格下げされている。「ひとつの苦しみ」（"one Pain"）とは、一生は続くことがない苦しみのことであり、これなら語り手にも癒せなくもなさそうなものだが、またしても謙遜する、「それだって私なんかにはできそうもない」と。最後に来るのが「気絶した駒鳥を／もとの巣に戻せたら」である。ここで初めて語り手は「これなら私にだってできる」と感じている。したがって、「私は無駄に生きたことにはならない」（"I shall not live in vain."）と続けて言えるのだ。しかし、巣から落ちた雛鳥

を巣に戻してやることなど、子どもにもできることである。なぜ語り手はそこまで自己卑下するのか。

　ここで「私は無駄に生きたことにはならない」（"I shall not live in vain."）という1行について考えてみよう。問題になるのは助動詞 "shall" なのだが、未来のどの時点を指すかを考え始めると、どうしても答えはひとつしかないように思える。すなわち「私」が死ぬときである。詩人は、死期の迫ったのを悟り、それまでの人生を振り返って眺めるだろう自分を想像しているのだ。それが「無駄」ではなく、生きるに値する人生だったと確信して死ねることを彼女は願っている。したがって、子どもでもできるようなことができれば、「私は無駄に生きたことにはならない」と言う語り手は、自己卑下しているというよりは、どん底の自己評価に苦しめられているのだ。現時点までの人生を振り返って、それが「無駄」だったのではないか、まったく無価値の人生だったのではないか、という疑念に囚われているのだ。他人の苦しみを見過ごしにできない心優しい語り手の姿の裏には、これまでの人生に意義を見出せず、さらには死ぬときになっても果たして見い出せるかどうかと不安に苛まれているもうひとりの人間の姿がある。彼女はほとんど絶望のなかにあると言ってよい。もしこういうことができれば、私の人生も無駄ではない、と自らに言い聞かせつつ、かろうじて命をつないでいるに過ぎない。以上の解釈は鋭い直観を有する読者にとっては自明のことかもしれない。詩を解剖（分析）し過ぎて、詩を殺してしまう結果になっていないことを願う。

　ここまでは「序」である。ここからが本題。同じような状況にある語り手による詩をもう一篇読んでみよう――

第 9 章 漫歩する石ころとしての詩人 137

F 1570B / J 1510

How happy is the little Stone	石ころは何と幸福だろう
That rambles in the Road alone -	道路をひとり漫歩し
And does'nt care about careers	経歴などちっともかまわず
And Exigencies never fears -	緊急事態も怖れはしない
Whose Coat of elemental Brown	その始原の茶色のコートは
A passing Universe put on	通り過ぎる宇宙が着せてくれたもの
And independent as the Sun	太陽のように自立し
Associates or glows alone -	関係を結んだり、ひとり輝いたりして
Fulfilling absolute Decree	絶対的な命令を
In casual simplicity -	こともなげに遂行している

　まずは、これまた「言わずもがな」かもしれないことを言って
おく。これは日々の単調な仕事に疲れた語り手がとぼとぼと帰
り道をたどりながら、「いっそ人間ではなく、道に転がってい
る石にでもなれたら気楽だろうに」とつぶやきながらため息を
つく、といったような類の詩ではけっしてない。ことはもっと
ずっと深刻である。「石ころ」は「絶対的な命令を／こともな
げに遂行している」のだが、この「絶対的な命令」とは「存在
し続けろ」ということにほかならないからだ。もちろん石にとっ
ては努力せずとも遂行できる命令であるが、人間にとってはと
きにむずかしい命令である。とくに、自分の存在意義を、ある
いは自分が命をかけてきた仕事の意味を見失い、生きる気力を
喪失した人間にとってはむずかしい命令である。この詩の語り
手もまた、先に論じた詩の語り手と同じく、精神的極限状態に
あると考えなければならない。
　一方で、「経歴などちっともかまわず／緊急事態も怖れ」
ることなく「漫歩する」石ころとは、いささか虚勢を張った

詩人の自己イメージでもあるにちがいない。というのも、1882年、ディキンスンは親友のヘレン・ハント・ジャクソン（Helen Hunt Jackson）と一緒になって詩集の出版を勧めるボストンの出版者トマス・ナイルズ（Thomas Niles）に謝絶の手紙を書いているのだが、その手紙にこの詩を同封しているからだ（Habegger 390-1; Johnson xxx-xxxiii）。ナイルズはジャクソンをはじめ当時増えつつあった女性作家の社会進出を支援していた。したがって、その文脈では作家としての経歴を追求する多くの女性たちの隊列に加わる気がまったくないことを示している。だとすると、この詩の「画面」には、ぶらぶらと「漫歩する」小石に対して、ジャクソンのような立派な「経歴」を目指して「整然と歩く」多数派の小石たちが存在しなければメタファーとして成立しない。また、土の道を小石がたったひとつ漫歩するのであれば、7, 8行目の「太陽のように自立し／関係を結んだり、ひとり輝いたりして」のなかの「関係を結んだり」をどう説明したらよいのか分からない。もちろん、伝記的文脈ではジャクソンとの交友に言及しているのだろうが、読者の眼前に広がる風景のなかでは、何との関係を指しているのか。小石がたったひとつなら、いったい何と関係を結ぶというのか。まさか、舗装されていない土の道（dirt road）を詩人たる小石がぶらぶら漫歩していると、ときおり仕事を求めるたくさんの小石たちが隊列を組んで早足に追い越していくというわけではないだろう。それではあまりにシュールで漫画的である。一方で、石ころが「漫歩する」というのはけっしてシュールなイメージではなく、通りがかりの馬車の車輪にはね飛ばされたり、学校帰りの子供たちに蹴られたりして移動するのだと考えれば済む。

　そこで思い浮かぶのが、砂利を敷き詰めた道路である。英米では考案者にちなんで "macadam road" あるいは単に "macadam"

と呼ばれている。かつて広く知られた舗装道路であり、
"macadam" と "macadamization" は普通名詞化して辞書にも載っ
ている。考案者のジョン・ロードン・マカダム（John Loudon
McAdam［1756-1836]）はスコットランド人のエンジニアであ
る。1816 年にブリストルの General Surveyor of the Road に就任
し、それまでの経験と科学的知見を応用することによって、従
来の砕石舗装道路の耐久性を大幅に高めることに成功した。
マカダムは、自分の工法を広めるため翌年の 1817 年に *Remarks
on the Present System of Road Making* という本を出版している。そ
の改訂版（London: Longman, 1823)に収録された 1819 年の文書
"Directions for Repair of an old Road"（McAdam 38-41）を見ると、
工法のおおよそを知ることができる。それによれば、土のかさ
上げによって排水性を確保した乾いた土台の上に、まず大きさ
2.5 インチ以下の砕石（重さ 6 オンス以下）を敷き詰め（従来
の砕石道路を改良する場合は、歯間 2.5 インチの熊手[rake]に
よって、それ以上の大きさの石をいったん除去し、ハンマーで
打ち砕いて再利用する）、その上に 1 インチの砕石を、従来の
工法と違って、土や粘土や石灰そのほかと混ぜずに敷き詰める
のだという。上層の砕石を 1 インチの大きさにそろえるという
のがこの工法の重要なポイントだったようで、現場の作業員は
口に入れられる大きさを 1 インチとして石を選別したというか
ら面白い。つなぎ（binder）として土や粘土を混ぜないのは、
排水性を極限まで高めるためである。道路表面がどのように造
られるかを述べた箇所を引用しておく――

　すべての道路は砕石で造るべきである。土、粘土、チョー
クそのほか、水を吸収するどんな物質とも混ぜてはならな
い。水は寒さに影響を受けるからだ。接着を口実に石の上
にどんなものも敷いてはならない。砕石はそれ自身の角ば

りでしっかり組み合わさって滑らかで固い路面となり、気候の変動の影響を受けないし、馬車の車輪が通ってもはがれない。馬車はがたごと揺れることなく路面を走るだろうし、したがって路面を傷めることもない。

Every road is to be made of broken stones without mixture of earth, clay, chalk, or any other matter that will imbibe water, and be affected with frost; nothing is to be laid on the clean stone on pretence of binding; broken stone will combine by its own angles into a smooth solid surface that cannot be affected by vicissitudes of weather, or displaced by the action of wheels, which will pass over it without a jolt, and consequently without injury.

（McAdam 41）

こうして踏み固められた道路の表面には、しっかりと組み合わさった砕石だけがずらりと並び、滑らかな表面を形づくっているわけである。これはまさに前述した立派な「経歴」を目指して「整然と歩く」多数派の小石たちのイメージそのものである。漫歩する小石とは、馬車の車輪によって道路の表面から弾き飛ばされた「はぐれ砕石」ということになる。ところでこの詩には「その始原の茶色のコートは／通り過ぎる宇宙が着せてくれたもの」（"Whose Coat of elemental Brown / A passing Universe put on"）という詩行があり、"A passing Universe" がいったい何か謎めいているが、筆者は、壮大な宇宙の運行のことを表すと同時に、ごく単純にマカダム式道路を疾駆する馬車のことでもあろうと考える。その馬車の車輪によって道路表面から弾き飛ばされたはぐれ石が、路傍の茶色い土にまみれているというわけだ。そして、路傍を「漫歩する」小学生たちによって道に蹴り戻され、また馬車の車輪にはじかれる。それを繰り返しながら石も

また「漫歩」しているわけである。「太陽のように自立し／関係を結んだり、ひとり輝いたりして」("And independent as the Sun / Associates or glows alone -")という詩行はこのことを表しているのではないか。「関係を結ぶ」("Associates")とはほかの砕石たちが並ぶ路面に戻ることであり、「ひとり輝いたり」("glows alone")は再度馬車に弾かれ、路傍の土の上に放り出されることだと考えればよい。

マカダム式道路はイギリスで開発されてから時をおかずに合衆国にも導入され急速に普及したということだから、この詩の書かれた1880年代のニューイングランドではもはや珍しくはなかったはずである。冬が厳しい地域では道路に含まれる水分が凍ることによって道路表面が傷みやすいが、排水性の高いマカダム式道路は寒冷なニューイングランド地方には特に適していたと考えられる。なお、ネット上で1850年代頃のカリフォルニア州のマカダム式道路を、貴重な写真で見ることができる（Sutter County Library 所蔵）。

Macadam Road, Nicolaus (Calif.)

最後に、はぐれ石が太陽（"the Sun"）に、馬車が「宇宙」（"Universe"）に喩えられている理由について考えてみたい。はぐれ石が太陽なら、路面に隙間なく敷き詰められた無数の砕石もまた太陽（恒星）であるはずだ。この仮定がもし正しければ、この砕石道路は天の川（銀河、Milky Way）に見立てられていると考えられる。だとすればこの詩は、イギリス・ロマン派が生んだもっとも有名な詩のひとつに直ちに結びつく。"I wandered lonely as a cloud" で始まるワーズワース（William Wordsworth）の詩である――

I wandered lonely as a cloud
That floats on high o'er vales and hills,
When all at once I saw a crowd,
A host of golden daffodils;
Beside the lake, beneath the trees,
Fluttering and dancing in the breeze.

Continuous as the stars that shine
And twinkle on the milky way,
They stretched in never-ending line
Along the margin of a bay:
Ten thousand saw I at a glance
Tossing their heads in sprightly dance.

The waves beside them danced; but they
Out-did the sparkling waves in glee:
A poet could not but be gay,
In such a jocund company:

I gazed – and gazed – but little thought

What wealth the show to me had brought:

For oft, when on my couch I lie

In vacant or in pensive mood,

They flash upon that inward eye

Which is the bliss of solitude;

And then my heart with pleasure fills,

And dances with the daffodils.

2連目の最初の4行において、湖の湾曲した岸辺にそって群生する水仙の花が、天の川に喩えられている。当時のアメリカで高等教育を受けた者なら誰もが口ずさめた詩である。ディキンスンがマカダム式道路を天の川に喩えているとしたら、彼女の念頭にワーズワースの詩が<ruby>な<rt>・</rt></ruby><ruby>か<rt>・</rt></ruby><ruby>っ<rt>・</rt></ruby><ruby>た<rt>・</rt></ruby>と考える方が不自然なくらいだ。それは状況証拠に過ぎないと思われる方は、冒頭の "I wandered lonely as a cloud" と第4連4行目の "the bliss of solitude" をふたつ合わせて、ディキンスンの "How happy is the little Stone / That rambles in the Road alone -" と比べてみて頂きたい。ディキンスンの詩行がワーズワースの露骨なパロディーにさえ見えてこないだろうか。ただ大きく違うのは、ワーズワースが美しい自然を、同じく美しい自然たる銀河に喩えている点でまぎれもなくロマンティックであるのに対して、ディキンスンが産業革命期のテクノロジーの産物であるマカダム式道路を、対照的な存在である天上の銀河に喩えている点で、きわめてモダンであるということだ。

第4部

死を幻想する

第 10 章

その家は「私」の墓か

F 479 / J 712

Because I could not stop for Death -
He kindly stopped for me -
The Carriage held but just Ourselves -
And Immortality.

We slowly drove - He knew no haste
And I had put away
My labor and my leisure too,
For His Civility -

We passed the School, where Children strove
At Recess - in the Ring -
We passed the Fields of Gazing Grain -
We passed the Setting Sun -

Or rather - He passed Us -
The Dews drew quivering and Chill -
For only Gossamer, my Gown -
My Tippet - only Tulle -

We paused before a House that seemed

A Swelling of the Ground -

The Roof was scarcely visible -

The Cornice - in the Ground -

Since then - 'tis Centuries - and yet

Feels shorter than the Day

I first surmised the Horses' Heads

Were toward Eternity -

私が死のために止まれなかったので

死が親切にも私のために止まってくれた

馬車に乗っているのは私たちだけ

それと不死

私たちはゆっくり馬車を走らせた

彼は急いでいなかった

私は放り出していた、仕事も余暇も

彼の親切に応えて

私たちは学校を過ぎた、子供たちが

休み時間に輪になって競っていた

こっちをじっと見ている穀物畑を過ぎた

沈む太陽を過ぎた

いやむしろ、太陽が私たちを過ぎた

露が降りて震えと冷えを引き寄せた

私のガウンは蜘蛛の糸織り

私のショールは薄絹だった

私たちはいったん止まった
地面が盛り上がったような家の前で
屋根はほとんど見えない
蛇腹は土の中

あれから何世紀もたったのだ、でも
あの日よりも短く感じる
馬の頭が「永遠」に向っているのだと
最初に私が思ったあの日よりも

ディキンスンの作品中でもっともよく知られた詩である。これ
までさまざまな解釈が提出されているが、今に至るまで決定的
な読みがない。それがこの詩に対する関心が衰えない大きな理
由であろう。ただ、さまざまな解釈が可能であるとはいっても、
そこには当然ながら一定の許容範囲があるはずだ。過去に提出
された有力な、あるいは反駁しがたい解釈には相応の敬意を払
わねばならないし、文法や語義を歪めるような読みが容認され
るべきでないことは、改めて強調する必要もない。まずは、特
に日本で行われてきた解釈の疑問点を指摘し、次に、すでに合
衆国における研究によって示唆されている文脈の延長線上で、
新たな解釈の可能性を示したい。

　ここで主として問題にしたいのは締め括りの第5, 6連である
が、その前に冒頭の有名な2行について少し考えてみる。

Because I could not stop for Death -
He kindly stopped for me -

私が死のために止まれなかったので
死が親切にも私のために止まってくれた

インパクトある出だしである。初めて読む（聴く）者は誰でも少なからぬ困惑に見舞われるだろう。「死のために止まれなかった」とはどういうことか。"Death" が 2 行目で擬人化されることによって、われわれはヨーロッパ的な死神のイメージを思い浮かべ、ぞっとするが、副詞 "kindly" に違和感を覚えると同時に、恐怖がやや減じるだろう。"stopped" については、とりあえず 1 行目の "stop" と同じ意味と取るしかない。しかし、3 行目、4 行目と読み進めてゆくと、この "stopped" が馬車を止めることであることが遡及的に理解される。「私」が馬車に乗り込む場面は省かれるが、乗り込んだ時点で「私」は死んだのだと読者は正しく理解する。とすれば 1 行目の "stop" が死ぬことを意味すると、これまた遡及的に理解される。「私」は死ぬことができなかったが、「私」のために馬車を止めた「死」が親切で、礼儀正しかったために、「私」は心ならずも馬車に乗った、すなわち死ぬことに同意したということに論理的にはなるだろう。つまり「私」は死ぬことを予期していなかったのだ。「死」が乗った馬車が眼前に停車し、御者の礼儀正しさを見てとり、そしておそらくは御者に見覚えがあったがために、一瞬の間に、この世を去る決意をしたのである。

　さて読者は 1 行目の "stop" は「死ぬ」を意味する暗喩であり、2 行目の "stopped" は字義通りの意味と一応は納得するだろうが、同じ単語が用いられていることに変わりはない。ここから不思議なパラドックスが生まれてくる。2 行目を暗喩的に読めば、「死」が親切にも私のために死んでくれた、となる。「死」が死んだとはいかなることか。よもやジョン・ダン（John Donne）の "Death, thou shalt die." へのアルージョンではあるまい。これとは逆に、1 行目を字義通りに読むと、「私」は動くのを、すなわち歩くのをやめられないということになるが、もし歩くことをやめられないのであれば、馬車が停車したとしても、乗

り込むことはできない。屁理屈じみているが、両者とも止まらなければ、乗客が馬車には乗り込めないのは自明だ。でも「私」は現に馬車に乗り込んでいる。これはどうしたことか。どうにも説明しようがない、パラドックスと呼ぶほかないが、これがこの詩全体が持つ不可思議さを醸し出すのに貢献していることは確かだ。

　本題に戻ろう。焦点となるのは第5連と第6連である。

　まず、第5連冒頭行（17行目）の "House" について、1998年の岩波文庫『対訳ディキンソン詩集』は、「墓の中での時間の超越」あるいは「17 House　墓のこと。『私』はこのなかに葬られる」という注を付け、明快な解釈を示している（亀井140, 143）。馬車の旅は墓地で終わり、「私」は墓のなかで永遠を待つという立場である。『英語青年』2003年11月号の渡辺信二氏の注釈では、「＜墓＞に入る第5連」とあり、同じく埋葬説が採られている。ただし、渡辺氏の場合、最終連について「相思相愛の＜私＞と＜死＞が結ばれて、ともに＜死の家＞＝墓に横たわるはずなのに、＜死＞や＜不死＞や魂の救済への言及が一切無い」と述べており、後述する埋葬説の矛盾に気づきかけているように思われる（渡辺29）。これら両者の解釈は、日本における先駆的なディキンスン研究である新倉俊一氏の『ディキンソン詩選』（1967年初版）が付している「『土の盛りあがった格好の家』、墓をさす」という注釈の延長線上にあると考えられる（新倉『詩選』120）。しかしながら、1989年刊の新倉氏の著書『エミリー・ディキンスン──不在の肖像』においては、"House" が墓であるとの明言はなく、全体の主題も「永遠に向う旅」とされている（新倉『不在の肖像』63-65）。20年以上前の注釈書における解釈（埋葬説）を撤回していると考えられる。

　埋葬説によれば、語り手は墓のなかで「時間を超越する」、あるいは「永遠を待つ」ことになるのだが、その場合に問題と

なるのが第5連の "We paused" という表現である。pause の原義は言うまでもなく「一時的に立ち止まる」にほかならない。原義に忠実であろうとすれば、ここでは、「私たち」が再び馬車の旅を続けることが暗示されていると取るのが自然である。馬車の旅がここで完全に終了し、語り手がひとりで、あるいは「死」と「不死」とともに、墓のなかで永遠を待つとする解釈は、pause のもっとも自然な語義を歪めることなしには成立しない。第二に、この "House" が語り手を埋葬するために用意された墓であるなら、常識的に考えて、それは掘りたての墓穴（open grave）でなければならないはずだが、この "House" はまったく反対に "Swelling" のように見えるとされている。もし墓であるとしても、これはすでにほかの誰かが、それもつい最近埋葬された墓と考えなければならない。後で触れるように、語り手を馬車の旅にいざなった「死」がかつての恋人であるとするなら、この墓を先立ったその恋人のものとし、語り手はこれからそこに合葬される、とも取れなくはない。その場合、語り手の死は後追い自殺か、絶望に起因する死ということに当然なるだろう。しかしながら、この解釈は、冒頭における、「死」との思いがけない邂逅（予期せぬ死）と矛盾することになる。また、この "House" は、最近先立った恋人の墓にしては、あまりに古びている。第三に、先行する "We passed the Setting Sun - / Or rather - He passed Us - / The Dews drew quivering and Chill -" から既に日が暮れて、夜露が降り始めていることが分かる。埋葬説に従えば語り手は日没後に埋葬されるということになるが、特別の例外でない限り、ニューイングランドでそのような特殊な習慣が行われていたとはおよそ考えられない。この "House" を墓と取るくらいなら、語り手の朽ち果てた肉体を暗示していると象徴的に解釈する方がまだしも矛盾が少ない。

　上記3人の日本人研究者が埋葬説を採用したひとつの理由

が、もっとも初期の重要なディキンスン研究者チャールズ・アンダソンが馬車の旅の目的地を墓地としていることであるのは否定しがたい――

　最後に、この詩は葬列が当然たどるべきルートをたどっている。村の学校の校舎の前、次に広々とした畑を通り過ぎ、遠く離れた墓地に向かう。

　Finally, the sequence follows the natural route of a funeral train, past the schoolhouse in the village, then the outlying fields, and on to the remote burying ground. 　　　　　　　　　　　（Anderson 243）

　そして、「露」が「震えながら寒々と」降りると、冷たい湿った土のなかに横たわるのはどんな感じだろうと想像する。

　Then, as the 'Dews' descend 'quivering and chill,' she projects her awareness of what it will be like to come to rest in the cold damp ground. 　　　　　　　　　　　（Anderson 244）

しかし、ここを根拠に "House" を墓と決め込めば、早計の謗りは免れない。続く部分でアンダソンは次のようにも述べているからである――

　しかし、墓の恐怖は、ここには一時的に止まっただけだと強調することによって和らげられる。この墓が一夜の宿であるかのように。

　But the tomb's horror is absorbed by the emphasis on merely pausing here, as though this were a sort of tavern for the night.

〈Anderson 244〉

しかしながら、今検討しているこの詩では、ざっとスケッチされた死の家は彼女の目的地ではない。目的地は「永遠」であるとはっきり言明されている。もっとも彼女はそこにけっしてたどり着かないというのが重要なのだが。

In the poem under consideration, however, the house of death so lightly sketched is not her destination. That is clearly stated as 'Eternity,' though it is significant that she never reaches it...

〈Anderson 244〉

すなわちアンダソンは埋葬説にこだわりながらも、pause の原義を無視することができず、墓での眠りを宿屋（tavern）で過ごす一夜のごときものと見なしている。埋葬説に魅力を感じない筆者にはなぜアンダソンが "House" を墓とすることに固執するのか理解しがたいが、語り手の目的地が墓ではなく、「永遠」（"Eternity"）であるとする部分には、その「永遠」の意味するところが何であれ、同意できる。

　ここで、アンダソン以後のディキンスン批評において、埋葬説が徐々に省みられなくなっていく過程を、70年代、80年代、90年代の代表的な批評によって一瞥しておこう。

　まず1974年のインダー・カー（Inder Kher）の *The Landscape of Absence: Emily Dickinson's Poetry* は、アンダソンに基づきながらも、そこから生じる埋葬と永遠への馬車の旅というふたつのモチーフの矛盾を、時間の内と外（"within and beyond time"）という概念を導入することによって止揚しようと試みている（Kher 213）。伝記 *Emily Dickinson*（1986）のシンシア・グリフィン・ウルフ（Cynthia Griffin Wolff）は、馬車の遠乗りの背後に、

18世紀に英米で流行した誘惑小説（seduction novel）を原型として見ており、埋葬説を採っていない（この解釈それ自体は1964年刊のクラーク・グリフィス（Clark Griffith）の *The Long Shadow* と同じであるが、グリフィスは墓にはおざなりにしか触れていないにもかかわらず、埋葬説を維持していた［Griffith 127-34］）。しかし、馬車の目的地にこそ言及しないものの、馬車の遠乗りが続くという点ではカー（Kher）の解釈と同じである（Wolff 276）。*The Passion of Emily Dickinson* (1992)のジュディス・ファー（Judith Farr）も、埋葬説を一顧だにもせず、話者が詩の末尾で「永遠」に到達しているという早合点な結論を除けば、おおむね Wolff と同じ方向の解釈を取っている（Farr 331）。

　渡辺氏も指摘するように、この馬車の旅は葬列よりも、むしろ若い男女のデートを連想させる。「死」の親切さ（"kindly"）、「礼儀正しい態度」（"Civility"）そして悠然とした構え（"He knew no haste"）は、彼が紳士の求婚者であることを示しているとも解釈できる。この解釈の先駆である前述のグリフィスの *The Long Shadow* は、「不死」（"Immortality"）は、若い男女のデートに同行する付き添い役（"chaperone"、通常は年配の女性）に見立てられているとしている（Griffith 129）。また、語り手の服装は死者にはふさわしからぬ薄着であり、これは亀井氏も言うように、むしろ花嫁の衣装に近い（亀井 143）。この男女のデート説、あるいは遠乗り説を、草稿（fascicle）研究の成果によって裏づけているのがシャロン・キャメロン（Sharon Cameron）の論文 "Dickinson's Fascicles" である。同じファシクル23に収められたほかの詩との比較から、紳士的な「死」が語り手の死んだ恋人であることを主張している（Grabher and Miller 149-50）。語り手が乗っている馬車が「死」のものである以上、これが墓地までの葬列の一部である可能性を否定し去ることはできないが、恋人との遠乗り説が、目的地が墓地であるという当初の印象を希薄

にしてしまったことは間違いない。

　1966 年刊の *Emily Dickinson's Reading* においてジャック・L・キャップス（Jack L. Capps）は、この詩が、ディキンスンが愛読したロバート・ブラウニング（Robert Browning）の "The Last Ride Together"（*Men and Women*［1855］所収）の影響下に書かれたことを見事に証明している（Capps 88-89）。このブラウニングの詩の概略を記せば、愛する女に拒絶された男が、別れる前に、女に最後の馬車の遠乗りを乞い、女は気が進まぬながらもそれを許すが、女の横で馬車を走らす男は、愛の情熱は、そのもたらす結果に関係なく、それ自身が目的であり、自己充足的なものであると述べる、というものである。馬車の目的地は死でも墓でもなく、全体の強調も一瞬を永遠にも感じさせる至福の遠乗りにおかれている。ディキンスンの第 2, 3 連とブラウニングの次の詩行とのキャップスによる比較は、有無を言わせぬ説得力を持っているように筆者には思える——

　　We rode; it seemed my spirit flew,

　　Saw other regions, cities new,

　　　As the world rushed by on either side.

　　I thought,– All labor, yet no less

　　Bear up beneath their unsuccess　　　（Capps 88）

ディキンスンの "My labor and my leisure too," の "labor" は、ブラウニングからの直接の借用であるようにさえ見える。そして、ブラウニングの "The instant made eternity,– / And heaven just prove that I and she / Ride, ride together, for ever ride?"（Browning 611）という末尾の詩句は、これがディキンスンの詩の最終連を生み出す直接の契機であったことを強く示唆している。

　実はキャップスも "House" を墓と解しているが、それは語り

手がそこに埋葬されるという埋葬説とはまったく意味合いが違う。彼はブラウニングとディキンスンの詩行を比較して、次のように述べる——

> どちらの詩の語り手も人生を振り返り、その明白な終焉を墓のなかに見ている。すなわちブラウニングは修道院の石の下に終わる人生について詩人、彫刻家、そして作曲家に問いを発する。ディキンスンは、「蛇腹が土に埋もれた家」で終わりを迎える人生の諸経験について静かに思いをめぐらす。

> Both speakers look back upon life and view its apparent end in the grave: Browning questions a poet, a sculptor, and a composer about lives ending under "Abbey-stones"; Dickinson reflects calmly on life's experiences ending in that "House" with "The Cornice - in the Ground -." 　　　　　　　　　　　　　　　　　　（Capps 89）

キャップスは、ブラウニングの詩が「修道院の石の下に終わる人生について詩人、彫刻家、そして作曲家に問いを発する」としているが、これはやや誤解を生みやすい。というのも"Abbey-stones"は、上記の三者のいずれでもなく、軍人（soldier）の墓に言及した言葉だからだ——

> A soldier's doing! what atones?
> They scratch his name on the Abbey-stones. 　（Browning 610）

これは軍人の武勲も死ねば空しく、愛する女との遠乗りの悦楽には及ばないという意味である。そして詩、彫刻、音楽が軍人の武勲と同列に扱われるのである。キャップスは、ディキンス

ンの詩の話者も墓の前で同じように「人生の経験について静か
に思いをめぐらす」と解し、そこにブラウニングの詩との相似
を見ているのであって、話者がこの墓に葬られるとしているの
ではけっしてない。

　このようにキャップスは、ディキンスンの詩がブラウニング
の主題の変奏であることを、複数の証拠をあげて主張している
わけであるが、埋葬説はキャップスのこの有力な説を覆すこと
ができない限り、成立し得ない。

　埋葬されないとすれば、ここでは何が起こっているのか。再
びテクストに立ち戻って、考えてみよう。第5, 6連を引用する
——

We paused before a House that seemed	私たちはいったん止まった
A Swelling of the Ground -	地面が盛り上がったような家の前に
The Roof was scarcely visible -	屋根はほとんど見えない
The Cornice - in the Ground -	蛇腹は土の中
Since then - 'tis Centuries - and yet	あれから何世紀もたったのだ、でも
Feels shorter than the Day	あの日よりも短く感じる
I first surmised the Horses' Heads	馬の頭が「永遠」に向いているのだと
Were toward Eternity -	最初に私が思ったあの日よりも

そもそも、なぜこの "House" を文字通りの「家」と取っては
ならないのか。語り手は明快に「家の前に」（"before a House"）
言っているのだ。なぜわざわざ墓の暗喩と解す必要があるの
か。もうはるか昔に倒壊し、なかば土に還りかけている古い家
であっても何の支障もないのではないか。「ほとんど見えない」
（"scarcely visible -"）と言いながらも、それが「屋根」であるこ
とを知り、外からまったく見えないにもかかわらず、「蛇腹は

第 10 章　その家は「私」の墓か　159

土の中」（"The Cornice - in the Ground -"）と言えるのは、取りも直さず、それが「家」であるという認識が語り手にあるからだ。

　それでも埋葬説を諦めきれない読者からは、ではこの家はいったい何なのか、という疑問が聞こえてきそうだ。語り手と「死」がわざわざ立ち寄ったからには、偶然通りかかった廃屋であるはずがない。彼らと何らかの縁につながる家でなければならない。詩のなかで読者に与えられた情報だけに依拠して、この線で考えてみれば、誰でもやがては思い当たるはずだ。この家は語り手が生前住んでいた家なのだ。語り手がその最期を迎えた家である。そう考えるほかはない。語り手と「死」は、町の周辺をひと巡りして、自分の家に戻ってきたのである。そもそも「死」によって連れ出されたこの馬車の旅は、監視役付の若い男女のデートに比せられていたではないか。であれば 2, 3 時間も楽しい時を過ごせば、自宅に戻るのは当然である。デート相手の「死」が礼儀正しい紳士であったことを思い出そう。語り手は確かに自宅に戻ったはずなのに、つい数時間前までそこに立っていた自分の家が廃墟と化しているのを見て驚く。だからこそ、続く第 6 連冒頭で、「あれから何世紀もたったのだ……」（"Since then - 'tis Centuries - ..."）という認識が生まれるのだ。廃墟と化したわが家以外に、この詩のなかには何世紀もの時間の経過を示す事象はない。埋葬説論者は、あるいは「あれから」（"Since then -"）を「埋葬されてから」と解しているのかもしれないが、「馬車に乗ってから」という解釈も十分成り立つ。ほんの数時間としか感じられない間に何世紀も経過していたというのは、この馬車の旅がこの上もなく楽しい、というより、至上の喜びを感じさせるものであったことを暗示している。まさしくブラウニングの「一瞬を永遠にも感じさせる至福の遠乗り」であったのだ。ここでもまた馬車を駆る紳士然とした「死」が、生前の語り手にとっていかなる存在であったかが窺われる。

馬車の停止は一時的に過ぎない。ではこれからふたりはどこへ向かうのか。"toward Eternity -"とあるからには、ブラウニングの遠乗り同様、町の周辺を「永遠に」めぐり続けるのだろう、と考えるしかない。

　語り手を詩人と同一視すれば、この家は Dickinson Homestead ということになるが、1813 年頃祖父によって建てられたこの煉瓦造りの家は、ディキンスンの予感に反して、彼女を記念するミュージアムとして、2 世紀を経たいまでも堅固に立ち続けている。

第 11 章

牧師の猟奇的犯罪

──話者のトリック

F 547 / J 389

There's been a Death, in the Opposite House,

As lately as Today -

I know it, by the numb look

Such Houses have - alway -

The Neighbors rustle in and out -

The Doctor - drives away -

A Window opens like a Pod -

Abrupt - mechanically -

Somebody flings a Mattress out -

The Children hurry by -

They wonder if it died - on that -

I used to - when a Boy -

The Minister - goes stiffly in -

As if the House were His -

And He owned all the Mourners - now -

And little Boys - besides.

And then the Milliner - and the Man

Of the Appalling Trade -

To take the measure of the House -

There'll be that Dark Parade -

Of Tassels - and of Coaches - soon -

It's easy as a Sign -

The Intuition of the News -

In just a Country Town -

向かいの家で死人が出た

つい今日のこと

私には、そのような家がいつも持つ

麻痺したような表情で、それが分かる

隣人たちがさらさらと出入りする

医者が馬車で帰ってゆく

窓が豆のさやのように開く

突然、機械的に

誰かがマットレスを放り出す

子供たちが早足で通り過ぎる

子供たちはその上で死んだのかなと思う

私も少年の頃、そう思ったものだった

牧師が硬い表情で入って行く

まるで自分の家のように

会葬者と小さな少年たちまで

自分のものであるかのように

それから婦人用の帽子屋と、怖ろしい
職業の男が
家の寸法を取りにやって来る。まもなく

飾り房と、四輪馬車から成る

例の暗い行列が行われるだろう
一目瞭然だ
田舎の町では
こういう出来事は直観のように伝わる

死人が出ると、その人の寝ていたマットレスを窓から外に放り
出すという、当時の習慣にばかり目を奪われて、この詩のいく
つかの隠された意味については、これまで十分論じられてき
たとは言えない。しかしながら、考えてみれば、死者が横た
わっていたマットレスを再利用せず、処分するというのは、何
もニューイングランドの一地方に限られたことではないだろ
う。ただ、それを窓から乱暴に投げ落とすというのが、厳粛な
死の直後にはふさわしくないというに過ぎない。私見では、こ
の詩は、ディキンスンの作品にはほかにも多く見られる葬儀
空想の詩であると同時に、肉体に対する作者のかなり特異な
（idiosyncratic）感じ方を読み取ることができる作品でもある。
　ディキンスンの優れた詩には、字面の意味からして容易に読
者の接近を許さないものも少なくない。最初から読者に挑戦し
てくる詩であり、読者もそれなりの心構えで、あの手この手で
必死に可能な読みを探ってみる。その一方で、表面の意味は分
かり過ぎるほど明白なものもある。実は、この類の作品の方が

厄介である。なぜなら、読者は第一層の意味の理解だけで、ある程度の満足を手にしてしまうからだ。その下に眠る二層あるいは三層には思いが及ばないままに終わる。この地下の意味の層は、ディキンスンの場合は、詩的無意識が作り出したものばかりではなく、巧妙に意図したものである場合も多い。表面の意味の下に、いくつかの意味の層を忍ばせるために、考えに考え抜かれたトリックが仕掛けられている。

　筆者がこの詩に見出し得たトリックは3つである。第1は、"House" の多義性の利用、第2は、前半部における死者の性別についての意図的な黙秘、そして第3は、一人称 "I" による読者のたぶらかしである。

　まずは、"House" の多義性についてだが、この語は複数形を含めて4箇所で用いられている。最初の3つの "House(s)" を、まずはどんな読者もそのもっとも一般的な意味（家、家屋）で理解するだろう。しかし、第4の "House" の読みが、先行する3つの "House(s)" の読み方を根本的に変質させてしまう──

And then the Milliner - and the Man	それから婦人用の帽子屋と、怖ろしい
Of the Appalling Trade -	職業の男が
To take the measure of the House -	家の寸法を取りにやって来る。

この第四の "House" が先行する "House(s)" と異なる意味であることは自明であり、それが作者が残した解読の鍵である。しかし、この "House" を「棺」と解してしまうと（亀井 107）、読者は、この詩全体の理解において、一歩も前に進むことはできない。たしかに、"the Man / Of the Appalling Trade" は葬儀屋（undertaker）に間違いはない。葬儀屋が死者のために「棺」を用意しようとしていることも疑い得ない。しかしながら、もし "House" が「棺」であれば、"To take the measure of the House -" という表現か

らは、葬儀屋の目の前に既に「棺」が置かれていて、その「棺」の寸法を測っている情景しか想像し得ない。これは滑稽としか言いようがない。定冠詞 "the" に注意すべきである。死者の体格に合わせて、これから棺を取り寄せる、あるいは作らせるという意味であるとすれば、"a House" となるはずである。また "House" を「棺」とすれば、当然、不定詞句 "to take ..." は、"the Man / Of the Appalling Trade" だけに係り、"the Milliner" は統語上は孤立していることになる。ごく初歩的なことだが、接続詞 "and" で結ばれたふたつの名詞の直後に to- 不定詞句が続くとき、その to- 不定詞句は先行するふたつの名詞の両方を修飾する例が圧倒的に多いし、その方が英語表現としてはより「美しい」とされるはずだ。しかし、"House" を「棺」とし、"the Milliner" も "the Man / Of the Appalling Trade" と同様に、"to take ..." の意味上の主語だとすれば、"the Milliner" も「棺」の寸法を測りに来たことになる。これは論外である。原因は明白であって、"House" は「棺」ではないのである。それは死者の肉体そのものである。すなわち、欧米ではごく一般的な発想である「魂の住まう家」としての肉体である。葬儀屋は棺を作らせるために死者の体の寸法を取りに来たのであり、"the Milliner" は帽子の新調のために、死者の頭のサイズを測りに来たのである。（ちょうどヘスター・プリンが、ウィンスロップ総督の臨終の夜に、死衣を作るために遺体の寸法を取ったように［*The Scarlet Letter*, Chapter 12]）。

　さて、ここでは肉体が魂の家であることだけでなく、"Milliner"（「婦人用帽子屋」）という語によって、この死者が女性であることも初めて判明する。冒頭行では "a Dead Man" でも "a Dead Lady" でもなく、性別不明の "a Death" が使われ、第 11 行でも死者は "it" で表されている。この "it" は、死者を性別のないモノ扱いにしているからだとも考えられるが、作者

が作為的に死者の性別を秘匿することによって、後述するもう
ひとつの読みの可能性に読者が気づくのを遅らせる詩的戦術と
も思える。

　"House" は肉体である。そして読者は肉体が魂の「家」で
あることを思い出させられる。この時点で、先行する3つの
"House(s)" を改めて眺めると、その意味が一変することに読者
は気づく。冒頭の「向かいの家で死人が出た」は「向かいの
隣人の肉体で死が起こった」とも読めてくる。第3, 4行の「こ
ういう家々がいつも持つ／無感覚な表情」は、隣人の死に顔へ
の言及でもあることが分かる。最初の読みでは死者その人につ
いては何も言っていないように読めただろうが、実はこういう
巧妙な形で言及していたのだ。技巧の天才ディキンスンの面目
躍如といったところだろう。さて、ここまでの解釈には、誰
にも肯いてもらえるだろう。問題なのは、第13, 14行の "The
Minister - goes stiffly in - / As if the House were His -"（「牧師が硬い
表情で／わがもの顔に家に入る」）である。これから先の解釈
には多くの人が大きな抵抗を示すだろう。しかし、以下の解釈
は、"House" を女性の肉体（死体）と取ることによって必然的
に生じる結果なのである。注意深い読者は、この第13, 14行に
意想外の恐るべき意味を発見して戦慄するだろう。表層では、
死者の家を訪れることに慣れてしまい、横柄にさえ見える牧師
の態度への話者の嫌悪感を示唆しているのだろう。しかし、
"House" が肉体であるとすれば、しかも女性の肉体であるとす
れば、それまで特に変哲のない意味に読めていた "goes stiffly
in -" が、突如、グロテスクなほど性的な意味合いを帯びてくる。
読者は、思わず自分の発見した背筋も凍る読みを「そんな馬鹿
な」と心のなかで否定するだろう。そんな風に読んでしまった
自分自身に赤面するだろう。同じ主題を扱ったポウの "Annabel
Lee" の言い回しでさえ、これに比べればずっと婉曲で穏健に

見えてくる。しかも、この猟奇的としか言いようのないおぞましい罪を犯しているのは、こともあろうに牧師なのだ。("As if the House were His -"に、フェミニストの読者なら、女の肉体の所有権を主張するキリスト教的・父権制的な恋人（夫）を読み取って狂喜するかもしれないが）

　こういうおぞましい読みが自分の錯覚であることを読者は願うであろう。しかし、5行目の「隣人たちがさらさらと出入りする」("The Neighbors rustle in and out -")に、またしても性的な含意を見出して、けっして錯覚として片付けられないことに気づくだろう。ディキンスンが意図的に"House"を2つの意味で用いていることは疑い得ない。4番目の"House"の持つ意味の影響が、先行する3つの"House(s)"に遡及し、最初の読みとはまったく異なる読みを生み出すことに、彼女が気づいていなかったとは、およそ信じられない。ディキンスンはそのような無頓着な詩人とは対極にある。

　さて、それではこの詩は向かいの家と、そこで死んだ女性の肉体に起こった悲劇を観察・想像している詩なのであろうか。そうではあるまい。これが他人の死を傍観しているものであれば、大して優れた文学作品とは呼べまい。パウンドの地獄を他人の地獄と看破したエリオットを引くまでもない。だが、死の神は究極の民主主義者であり、遅かれ早かれ、すべての人間を平等に迎えにくる。作者は、向かいの家の女性に起こったことが、いつかは自分にも確実に起こるであろうことを想像しているのである。いや、そもそも向かいの家に死人など出なかったのかもしれない。作者は初めから、向かいの家に仮託して、自分の死と葬儀を空想しているとも考えられるのだ。実は、そのように読むことを促す作者自身の指示が、この詩には埋め込まれているように思われる。

　われわれ読者は、一人称"I"に出会えば、無意識にそれを作

者と取ることに慣れ過ぎている。3行目の "I know it," の「私」を、読者はごく自然に作者と理解する。そして、この詩の場合、その解釈で最後まで一見破綻なく読み進めることができる。だが、それでは上に述べたように他人の死を傍観している作品にしか過ぎなくなる。ここに作者の仕掛けた第三のトリックがある。それがトリックであることに気づかぬ読者は、表層の意味止まりで満足せざるを得ない。だが、作者は、読者が注意深く読みさえすれば探し当てられるようなヒントを、詩のなかに周到に埋め込んでいる。12行目の「私も少年の頃、そう思ったものだった」("I used to - when a Boy -") は、どの読者も首をかしげる箇所である。女である話者がなぜ「少年の頃」という表現を使うのかと。いくつかの説明がなされているが、どれも話者が女であることを、あるいはエミリその人であることを前提にしたものである。だが、発想を180度転換して、「少年の頃」という発言を素直に受け容れて、話者を成人の男と考えてみたらどうなるであろうか。すなわち作者は、男のペルソナを被って、向かいの家の葬儀を観察しているのだ。とすればその向かいの家とは、ほかならぬ作者自身の家（Dickinson Homestead）ではないのか。作者は男の仮面越しに、自分の死と葬儀を空想することに耽っているのではないか。しかし、仮面はあくまで仮面であって、向かいの女性（自分）の死を観察しながら、仮面の内側で話者が示す感情的な反応はあくまでも作者自身に由来するであろう。すなわち、作者は、死後に自分の肉体に何が起こるかを想像し、おぞましい嫌悪感に震え慄いているのである。死んだ後、誰かが、おそらくは数人の男たちが自分の体を持ち上げ、この地方の習慣通り、愛用のマットレスを引き抜いて窓の外へ放り落とす。そして何よりも、見知らぬ帽子屋と葬儀屋が体の寸法を取るために自分の体に手を触れるであろうことを想像して、卒倒せんばかりになっているのだ。ここには他人が自

分の体に触れることを病的なまでに嫌う特異な性格（もしくは
トラウマ体験）が表われているように思えてならない。前述し
た、女の死体に対して犯される性暴力についての幻想は、この
体と体が接触することを異常なまでに怖れる心理が生み出した
ものであるとも解釈できよう。

第 5 部

政治と科学

第 12 章

政治と経済とエミリ・ディキンスン

1. 序

ベッツィ・アーキラ（Betsy Erkkila）は、1989年の画期的な研究書 *Whitman: The Political Poet*（New York: Oxford UP, 1989）において、特に第二次大戦後のホイットマン研究を歴史主義の立場から批判して、次のように述べている——

ウォルター・ホイットマンは、1855年の『草の葉』において、政治ジャーナリストからアメリカを歌う詩人へと変貌を遂げたが、この変貌を説明しようとする批評家たちは、政治家ホイットマンと詩人ホイットマンの分裂に当惑してきた。しかし、この分裂は、批評家自身が作り出したものだった。彼らは、政治と芸術の分離を主張するモダニストや新批評家の影響下で、ホイットマンの詩を政治的な一回性の作品という非難から救い出し、普遍的な芸術性を持つものとしたがったのだ。とりわけ、ホイットマンの非政治的源泉に重きを置く過去40年間の批評的研究は、彼の芸術の形式的、神秘主義的、そして心理的次元を強調してきたし、いまでも大半の研究がエマソンと超越主義の影響を論じている。芸術の純粋性というロマン主義的、モダニズム的な考えと、ホイットマン初期の政治への関与という事実を和解させることができない批評家たちは、詩人ホイットマンの誕生を説明するために、込み入った、そして時に矛盾する数々の

説を提出してきた。エマソンやジョルジュ・サンドやほか
の作家を読んだことが決定的だったと主張する者もあれば、
ニューオーリンズでのオクトルーン［黒人の血が八分の一入った
混血児］との恋愛、あるいは神秘体験、あるいはもっと近年で
は、エディプス的あるいは別の種類の性的危機が決定的だっ
たと主張する者もいる。しかしながら、ホイットマンの民
主主義讃歌の根底にある、どう見ても政治的な情熱と闘争
を十分に強調した批評家は少ないし、それを厳密に吟味し
ようとした批評家は皆無である。　　　（Erkkila, *Whitman* 6）

ホイットマンが、政治ジャーナリストから詩人に転身したこと
は事実だが、それは政治と訣別したことを意味しない。政治と
断絶して詩人となったというのは、冷戦期のイデオロギー的
要請によってフォーマリスト批評が作り出したフィクション
であるとアーキラは断言する。現実の政治には幻滅したが、詩人
となった後も政治的であることをホイットマンはけっしてやめ
なかったというのが、アーキラの書名 *Whitman: The Political Poet*
に込められた意味である。ホイットマンが現実の政治に失望し
た理由についてのアーキラの説明は、なぜ文学に向かったかを
説明する、従来の批評家たちの「込み入った説」とは違って、
じつに明快である──

　　1840 年代後半、ジェファソンの諸理念と民主党のそれとが
　　もはや一致していないと見てとったホイットマンは、党と
　　訣別し、未だアメリカに生きる遺産であるジェファソンの
　　信条と建国者たちの聖火を復権させようと、彼独自のキャ
　　ンペーンを始めた。　　　　　　　　（Erkkila, *Whitman* 20）

1810 年代半ばから 1860 年代にかけて、産業と経済の革命がア

メリカ合衆国を市場主義と産業主義の社会に転換するととも
に、ジャクソニアン・デモクラシー以降、建国の父たちの政治
理念は大きな変質をこうむった。ホイットマンは、ジェファソ
ンや建国の父たちの理念を、詩において表現するという「独自
のキャンペーン」に切り替えたに過ぎない、とアーキラは主張
する。

　アーキラは、この 1989 年のホイットマン研究書においては、
エミリ・ディキンスンについては 2 箇所で短く言及しているだ
けである（Erkkila, *Whitman* 175, 258）。そのうちの 2 番目の言
及では、"I'm ceded - I've stopped being Theirs -"（F 353 / J 508）の
言語を "political" と形容しているが、このホイットマン研究書
のアプローチを応用して、ディキンスンを徹底して「政治的に」
に読み得るとは、この時点では、おそらく誰も予想しなかった
だろう。この時点までのディキンスン研究も、アーキラが批判
するホイットマン研究と同様、フォーマリスト批評の影響のも
と、大方は没歴史的な（ahistorical）ものにとどまり続けていた。

　アーキラは、1992 年刊の *The Wicked Sisters: Women Poets, Literary
History & Discord*（New York: Oxford UP, 1992）の第 2 章と第 3 章に
おいて、ディキンスンに本格的に取り組んでいる。第 2 章 "Emily
Dickinson and the Wicked Sisters" では、ディキンスンが、手紙と
詩のやりとりによって作られた女友達の世界に生きた詩人であ
り、なかでも重要だったのが、後に兄オースティン（Austin）
の妻となるスーザン・ギルバート（Susan Gilbert）との精神的
同性愛の関係であったと論じている。アーキラは、ディキンス
ンはこの「邪悪な姉妹たち」がつくる世界を、神と男が支配す
るキリスト教的男性優位社会と区別し、自ら「悪魔的な」と称
していたときわめて挑発的な議論を展開している。この章の最
後の節 "Placing Dickinson in History" では、同年発表の論文 "Emily
Dickinson and Class"（*American Literary History* 4 [1992], 1-27）の一

部を流用しており、唯物論的フェミニストの立場から、ディキンスンによる女だけの世界の探求が、当時の民主主義、産業革命、経済革命等の進展と深く関係していた、とする——

> しかし、自らを女友達の聖なる小集団の内部に封じたいというディキンスンの強い願望は、成人し、結婚し、子どもを産むという男たちが作った筋書きが持つプレッシャーに抵抗する手段だっただけではない。ディキンスンの女友達の共同体は、また、民主主義的、商業主義的、科学技術主義的、国家主義的変容を推進する諸勢力に抵抗する手段でもあった。当時、保守的なホイッグ党の地方郷士の娘だったディキンスン自身の階級上の特権は、四方を敵に包囲されていた。 (*The Wicked Sisters* 45)

第3章 "Dickinson, Women Writers, and the Market Place" の第1節も "Emily Dickinson and Class" と重複しており、ディキンスンが詩の出版を拒否したのは、当時の出版界の民主化、商業化、女性化（女性職業作家の進出）を嫌ったからだとし（56-57）、第2節以降では、ディキンスンが商業主義に媚びるアメリカの女性作家よりも、ブロンテ姉妹、エリザベス・バレット・ブラウニング、ジョージ・エリオットらイギリスの女性作家たちの方に共感を持っていたことを例証している。

2004年刊のヴィヴィアン・R・ポラック（Vivian R. Pollak）編の *A Historical Guide to Emily Dickinson*（New York: Oxford UP, 2004）は、"Guide" と称してはいるが、単なる入門書に留まらず、1998年刊のガドラン・グラバー（Gudrun Grabher）ほか編の *The Emily Dickinson Handbook*（Amherst: University of Massachusetts Press, 1998）およびマーサ・ネル・スミス（Martha Nell Smith）とメアリー・ロウフェルホルズ（Mary Loeffelholz）が編纂

した 2008 年刊の *A Companion to Emily Dickinson*（Malden, MA: Blackwell, 2008）と並ぶ重要な論文集だが、ここにアーキラは、前述の 1992 年刊の 2 著におけるディキンスン論を発展させた "Dickinson and the Art of Politics" を発表している。*Whitman: The Political Poet* が従来のホイットマン像を大きく塗り替えたように、このディキンスン論もまた、同様の歴史主義的観点から、ディキンスン像の大きな修正を促している。このなかでアーキラは、ディキンスンが、保守的なホイッグ党員であった父親とともに、古いエリート主義的なフェデラリストの理念（ジョージ・ワシントンへの尊崇を伴う）を信奉し続けたとしている――「ディキンスンは、本質的に保守的な伝統の、すなわち、ジェファソンが大統領に選出された 1800 年の民主主義〈革命〉で支持を失った後期フェデラリスト的な精神と感性の、機知に富む雄弁な代弁者だった……」（*Historical Guide* 137）。また、アーキラは、ディキンスンをブラックマー的な "private poet" とする見方に異議を唱えて、ハーバーマス的な意味での "public sphere" において人並み以上に活躍した人物でとあると主張すると同時に、詩の出版を拒んだことについては、「彼女の出版拒絶は、私的な行為ではなかった。それは、商業化され、民主化され、なおかつ、ますます雑多となり大衆化される全国市場に対する、社会的階級的な抵抗行為であった」（*Historical Guide* 150）としている。アーキラの論文はいずれも、ケイト・ミレット（Kate Millet）の *Sexual Politics*（1969）以来、階級の壁を軽視しがちなアメリカのラディカル・フェミニズムへの異議申し立てであり、性差の壁より階級の壁の方が高いことを説いたボーヴォワールの立場への回帰を主張している。

　ホイットマンは民主党の原点であるジェファソンの諸理念への回帰を志向し、一方で、ディキンスンは、「1800 年の〈革命〉」以前の、ワシントン、ジョン・アダムズ政権下のフェデラリス

トの諸理念に忠実であり続けた。その出身階級の違いからすれ
ば、当然といえば当然の帰結ではあるが、ふたりの詩人を論じ
る上で重要なのは、ほぼ同時代人といえる彼らの後向きの姿勢
が、合衆国の発展期すなわち産業主義と市場経済が進展した時
期に形成されたということである。ことに、ディキンスン批評
にとって、この歴史主義的な読みの可能性は、ホイットマン批
評にとって以上に大きい。というのも、確かにアーキラが嘆い
ているように、*Leaves of Grass* の背後にある政治的情熱を吟味し
た批評家は皆無だったにせよ、同時代の現実の政治とホイット
マンとの関係については多くが語られてきた一方で、ディキン
スン批評においては、文化史的な作品研究は試みられても、彼
女の作品を政治的、経済的な文脈において読む営みは、ほとん
どなされてこなかったからだ。

　以下の章では、アーキラが歴史主義的な視座からディキンス
ンの詩作品を具体的にどのように読み直しているかを紹介しつ
つ、アーキラが気づいているが言及していない読解の可能性を、
そして、おそらく彼女の念頭にはないだろう若干の読解の可能
性を追求してみたい。

2. 政治とディキンスン

ここで最初に取り上げるのは、ディキンスンのどんなアンソロ
ジーにも必ず収録され、英語圏の国々であれば、小学校の教材
としても使えそうな、一見、たわいもなくイノセントに見える
作品である——

　F 260 / J 288

I'm Nobody! Who are you?

Are you - Nobody - too?

Then there's a pair of us!

Dont tell! they'd banish us - you know!

How dreary - to be - Somebody!

How public - like a Frog -

To tell your name - the livelong June -

To an admiring Bog!

私は誰でもない人！　あなたは？

あなたも誰でもない人なの？

それなら私たちは似たもの同士！

しゃべっちゃだめ！　追放されちゃうわよ！

ひとかどの人なんて、なんて退屈だろう！

なんてパブリックだろう、カエルみたいに

六月の間中、ほめそやしてくれる

沼に向って、自分の名前を叫ぶなんて！

アーキラは、この詩を「肩書きと地位の政治学」（"the politics of title and place"）をパロディー化したものとして、ジェンダーと階級の観点から、次のように分析してみせる――

「誰でもない人」たる詩人が確たるアイデンティティーを欠いていることは、女の人生を定義し限定している社会的権威の諸構造からの自由を表している。しかし、この一見民主主義的な「誰でもない人」の仮面の裏には、「ほめそやしてくれる沼」として形象化される民主主義的大衆という悪

魔化された集団のなかで、あるいはそれを通じて定義され
ることを拒否するひとりの貴族が潜んでいる。

(*The Wicked Sisters* 50-51)

連邦議員をも務めた町の名士である父親の経済的庇護下にあり
ながらも、父権的な権威からの自由を渇望し、また産業と資本
の発達に伴う民主主義の急速な進展という歴史的潮流のなかに
あって、悪魔的な「大衆」の登場に、おそらくは父親とともに、
脅威と怖れを感じているディキンスン像が浮き上がってくる。
読者の眼には、カエルという無害な小動物とペアで登場するた
めに無垢なものと映る「沼」("bog")が、ディキンスンの詩の
語彙のなかでは、政治的意味を帯びる場合があることを、アー
キラは、"Dickinson and the Art of Politics"において以下のように
例証している――

1862年、父エドワードの法律事務所で共同経営者として働
きながら後継者の道を歩んでいたオースティンは、ディキン
スン家の保守的なホイッグ主義と敵対していた地元の法律
家で政治的指導者だった Ithamar Francis Conkey と何らかの形
で衝突した。そのことを父から聞いたディキンスンは、兄
に一篇の即興詩を送り、「お父さんが言ってたけど、フラン
ク・コンキーが兄さんを小突いたんだってね」と書き添えた。
この詩のなかで、ディキンスンは、兄が侮辱を受けたことを、
「ごぼう」("Burdock")に服をひっかかれたことに、あるいは、
「沼」("*Bog*")に泥をはねかけられたことに喩えて、兄を半
分からかい、半分慰め、かつ、おそらくは兄の発奮を促し
ている。

(*Historical Guide* 137-38)

アーキラは最後の2連しか引用していないが、ここでは全3連

第 12 章　政治と経済とエミリ・ディキンスン　181

を載せておく。アーキラが省略した第 1 連冒頭の "Burdock" と、続く連の冒頭の "Bog" の音の取り合わせが、ディキンスンに特徴的な滑稽味を醸し出しているからだ――

F 289A / J 229

A Burdock - clawed my Gown -	ごぼうが私のガウンを引き裂いた
Not *Burdock's* - blame -	ごぼうのせいじゃなくて
But *mine* -	ごぼうのねぐらに
Who went too near	近づき過ぎた
The Burdock's *Den* -	私が悪いのだ
A *Bog* - affronts my shoe -	沼が私の靴を辱めた
What *else* have Bogs - *to do* -	他に沼に何ができよう
The only trade they *know* -	連中にやれることといったら
The *splashing Men!*	人に泥をはねかけることだけ
Ah, *pity - then!*	だとしたら、何て可哀想なこと！
'Tis *Minnows* can despise!	人を蔑むことができるのは雑魚だけ
The *Elephant's* - calm eyes	象の穏やかな眼は
Look *further on!*	ずっと先を見ている

伝記的文脈において眺めれば、父と兄がその一部をなす父権制内部における男同士の諍いに対するディキンスンの冷笑的な態度が読み取れる一方で、ディキンスンは、一人称の語りを用いることによって、兄の受けた侮辱を自らのものとし、兄に同情と慰めを提供してもいる。この詩の伝記的背景は、すでに1955 年のジョンソン版において明らかにされているから、この詩を糸口にしたディキンスンの政治的読解の可能性は、批評

家と研究者の眼前に、半世紀の間ずっと存在していたことになる。この詩の歴史的文脈について、あらためてアーキラはこう注釈する——

> ディキンスンの詩は、ニューイングランド・ホイッグ党の古いエリート的な秩序と、19世紀を特徴づけた民主主義的、共和主義的自由主義を標榜する新興の諸勢力との間の歴史的闘争を見事に要約している。敵対勢力のリベラルな姿勢を、「近づき過ぎた」ために彼女の「ガウン」を傷つけた、かたい雑草「ごぼう」に見立てながら、ディキンスンの詩の上流階級の語り手は、コンキーの「侮辱」など軽く受け流せとオースティンに警告する。語り手が古い共和主義的な美徳と原理を代表しているように見える一方で、敵対勢力は、本当の男たちの確固たる権威を汚すことしか知らない「沼」風情と見下される。大衆の不満を熱っぽく語ることしか能のない劣等な人間は「雑魚」に過ぎない。ディキンスンは、真の共和主義者は、象のように振舞うものだとこの詩を締めくくるが、これは1870年代に共和党が採用することになるシンボル・マークを、不気味なほど正確に予見している。下郎たるごぼうと沼を見下しつつ、象たちは公道を進みながら、「ずっと先を見る」のである。
>
> （*Historical Guide* 137-38）

「沼」（"bog"）が政治的含意を持つことは、これで十分明らかだろう。ここで "I'm Nobody! Who are you?" とそれについてのアーキラの評釈に戻れば、この詩の後半の4行においては、アーキラの洞察はもっぱらこの「ほめそやしてくれる沼」としての大衆に集中しており、カエルが何を表象しているかについては言及がない。しかしながら、上に引用した文中の「大衆の不満

第12章　政治と経済とエミリ・ディキンスン　183

を熱っぽく語ることしか能のない劣等な人間は『雑魚』に過ぎ
ない」という一文は、アーキラが、このカエルの正体について
も十分理解していたことを暗示している。ここまで言えばもう
すでに明らかだろうが、アーキラが言及していない一篇の詩を
参照することで、"I'm Nobody! Who are you?" が持つさらなる意
味について考えたい。

　実は、ほぼ同じ歴史的状況を題材としている以下の詩と合わ
せて読むとき、この "I'm Nobody! Who are you?" で始まる詩は、
民主主義的大衆のみならず、当時の政治シーンに対する辛辣き
わまりない風刺であることが分かる──

F 1355 / J 1379

His Mansion in the Pool	池の中の屋敷を
The Frog forsakes -	そのカエルは捨て去り
He rises on a Log	丸太によじ登って
And statements makes -	演説する
His Auditors two Worlds	聴衆は、私を除けば
Deducting me -	ふたつの世界
The Orator of April	四月の雄弁家も
Is hoarse Today -	今日はがらがら声
His Mittens at his Feet	両手袋を足のまえに置いて
No Hand hath he -	彼には手はないのだ
His eloquence a Bubble	彼の雄弁はうたかた、
As Fame should be -	名声がそうであるように
Applaud him to discover	拍手すると
To your chagrin	惜しいことに
Demosthenes has vanished	デモステネスはもう
In Waters Green -	緑の水の中に姿を消している

説明するまでもないが、「ふたつの世界」すなわち池と空に向かって声を嗄らして鳴くカエルは、「うたかた」の雄弁をふるう政治家を表わしている。したがって、"I'm Nobody! Who are you?" 中の、「ほめそやしてくれる沼」に向かって「自分の名前を叫ぶ」カエルにも、演説する政治家が含意されていることは確実である。すでにこの当時、政治がますます大衆化するなか、雄弁によって政策をアピールするのではなく、恥ずかしげもなくおのが名前を連呼するほかに能のない政治家が登場していたのだろうか。ただ、その場合、聴衆を、「ほめそやしてくれる」と形容することに矛盾が感じられる。街頭演説の聴衆には支持者も反対派も無党派層も含まれていたはずだからだ。しかし、政治家が演説し、聴衆がみな「ほめそやしてくれる」状況とはいかなるものかと考えるとき思い浮かんで来るのが、例えば、今日の大統領選前に行われる候補者決定の党大会の、聴衆全員がサクラかとも思える、そのありようである。ディキンスンの前半生は、民主党とホイッグ党、そしてそれに続く民主党と共和党という二大政党による政治が定着していった時代である。全国レベルでなく、アーマストのような田舎町の選挙においても、今日とほぼ同じような形態の政治集会が、党ごとに開かれていただろう。

　カエルが政治家であり、「ひとかどの人」（"Somebody"）であるなら、「誰でもない人」（"Nobody"）であることを望む語り手は、民主主義社会において有用であるはずの人間像とは対照的な存在になりたがっていることになる。人とモノと情報が自由に流通し、絶えず激しい変化に晒され続ける民主主義的な資本主義市場経済社会においては、政治家や企業家を典型とするような、常におのれの外に関心を向け、人との付き合いを好み、社交術に長け、多くの人々と関係を結びながらモノと情報を交

換し合って生きるタイプの人間が、社会にとってもっとも有用とされるだろう。これはＣ・Ｇ・ユングが外向型（extrovert）と呼んでいるタイプの性格であるが、ディキンスンの方はと言えば、内向型（introvert）、すなわち、心的エネルギーを外に拡散させることなく、自我の周りに分厚い壁を作って内部にエネルギーを蓄積し、内面に独自の世界を作り出し、この世界が乱されるのを嫌い、必死に守ろうとする、と定義される性格であることは明白である。ユングはこのふたつの性格のタイプを個人に特有のものと考えたが、ポスト構造主義的観点からは、人の成長過程で構築されるもの、したがって歴史的状況に左右されるものと考えた方が妥当である。1830 年代に本格化する産業化と資本主義市場経済化が、政治家を典型とするような外向型の人々の増加を要請した。実際にそのような人々が増え、ディキンスンも身近に目撃したであろう。したがって、保守的な旧ホイッグの伝統への愛着を父や兄と共有するディキンスンの「誰でもない人」への志向は、内気な性格に基づく退行というよりは、自分の意に染まない民主主義市場経済社会が要請する「有用な人物」には、死んでもなりたくないという抵抗の表明であろう。裏返せば、ディキンスンは自分が生きる社会と時代に強い疎外感を感じていたということになるが、そう考えるときにはじめて、この詩の４行目の一見子供っぽい「しゃべっちゃだめ！　追放されちゃうわよ！」（"Don't tell! they'd banish us - you know!"）は、深刻な意味を帯びてくるように思われる。また、"banish us" の異文として、明らかに経済用語である "advertise" を詩人が遺していることも興味深い。なぜなら、ディキンスンにとっては、自らがあるいは自分の作品が、市場において商品として「宣伝される」ことは、社会から「追放される」こと以上に厭うべきことであったはずだからだ。宣伝され有名になってしまえば、もう「誰でもない人」でいられなくなる。

さて、アーキラは、「誰でもない人」の背後にひとりの貴族がひそむことを看破したが、この貴族にとっては衆愚政治にほかならない民主主義が進展（蔓延）するなかで、「雑魚」の蔑みをものともせず、貴族の超然さを保ち続けるために仰ぐべき手本が、「ずっと先を見ている」象の穏やかな眼であった（"The Elephant's - calm eyes / Look further on!"）。これはアーキラが指摘していないことであるが、ディキンスンのほかの作品では、先を見ることのできるこの眼は "discerning eye" と呼ばれており、やはり同様に、民主主義への不信感、あるいは貴族主義的な矜持を伴って登場する──

　　F 620 / J 435

　　Much Madness is divinest Sense -

　　To a discerning Eye -

　　Much Sense - the starkest Madness -

　　'Tis the Majority

　　In this, as all, prevail -

　　Assent - and you are sane -

　　Demur - you're straightway dangerous -

　　And handled with a Chain -

　　大いなる狂気は、見る眼のある人には

　　この上もなく聖なる正気。そしてまた

　　大いなる正気は、まったくの狂気

　　ほかの全てのことと同様、このことにおいて

　　力をふるうのは多数決

　　賛成多数なら、あなたは正気

　　反対多数なら、あなたはすぐに危険人物で

鎖に繋がれる

これまたよく知られたこの作品は、狂気と正気の定義詩とも解
釈し得る一方で、民主主義の根幹である多数決の原理に真っ向
から不信を突きつけた作品としても、当然ながら解し得る。な
おかつ、民主主義が進展する世界のなかで、自分自身と家族の
政治信条が少数派になりつつある現状への深い危惧が窺われ
る。1860年代に生きるディキンスンにとって、フランス革命
後の恐怖政治は、それほど大昔の話ではなかった。

　一方、"The Robin's my Criterion for Tune -"（F 256 / J 285）にお
いては、"discerning eye" は、貴族意識を伴って登場する。この
詩は全体としてはけっして政治的とは言えないので、必要な部
分のみを引く——

Without the Snow's Tableau

Winter, were lie - to me -

Because I see - New Englandly -

The Queen, discerns like me -

Provincially -

でも、あの雪の絵模様のない冬なんて

嘘としか思えない。なぜなら、私は

ニューイングランド流にものを見るから

女王だって私のように

地方的にものを見るのだ

英国と、詩人が住むニューイングランドの季節感を対照させる
一方で、女王（ヴィクトリア）のものの見方に、自分のそれを
擬えることで自らの貴族性を示唆していることは明らかであ

る。裏返せば、ディキンスンにとっては、住む国の違いよりも、階級の違いの方が大きな意味を持っていたようにさえ思われる。自分とヴィクトリア女王を同じレベルにおくことで、合衆国と大英帝国の国力格差の縮小を誇示していると解すべきではない。ディキンスンはそのような類の愛国者ではけっしてない。

3. 経済とディキンスン

ディキンスンと経済については、政治以上にこれまで論じられることがなかった。だがディキンスンの作品には、けっして多くはないが、資本主義と市場経済主義に対して明らかに批判的なものが見られる。まずは、ディキンスンが当時のアメリカの資本主義発展に無関心でなかったことを、2篇の詩によって示したい。まず1865年頃制作と推定される作品である――

F 1049 / J 1089

Myself can read the Telegrams	私だって電報を読めます
A Letter chief to me	私には大切な手紙です
The Stock's advance and retrogade	株の前進と後退
And what the Markets say	それに市場が何と言っているのか
The Weather - how the Rains	天気、あちこちの郡の
In Counties have begun.	どこで雨が降り始めたか、
'Tis News as null as nothing,	それは無と同じくらい空なニュース
But sweeter so, than none.	でも、ないよりずっと甘美です

["retrogade" : retrograde]

「電報」（"the Telegrams"）とは文字通りの電報ではなく、ここ

第12章　政治と経済とエミリ・ディキンスン　189

ではまず間違いなく新聞のことを指している。電信は南北戦争前の 1840 年代から合衆国にも普及し始めたが、南北戦争中には大陸横断電信ケーブルの完成（1861 年）によって、全米の出来事を翌日の新聞で知ることができるようになっていた。ニューヨークの証券市場や商品市場の動きに、アーマストの人々も一喜一憂する時代になっていた。アーマストの位置するマサチューセッツ西部は農業地帯だから当然ながら天候にも敏感である。最後の 2 行はあるいは手紙の返事をくれない文通相手にあてつけたものかもしれないが、それにしても最新のテクノロジーへの冷淡さは、たとえば翌年 1866 年完成の大西洋横断海底電信ケーブルを祝福した "Passage to India"（1871）におけるホイットマンの興奮とは対照的だ。

　2 番目の詩は 1879 年頃の制作とされる。ディキンスン作品としては長篇で、かつ凝った作りの野心的な作品である――

F 1488D / J 1466

One of the ones that Midas touched	俺たちの誰にもタッチできなかった
Who failed to touch us all	ミダス王がタッチした連中の一人が
Was that confiding Prodigal	あの気のいい放蕩児、
The reeling Oriole -	あの千鳥足のオリオールだった
So drunk he disavows it	やつは酔っ払いすぎて、
With badinage divine -	聖なる冗談めかして否認するけど。
So dazzling we mistake him	まぶしくて、おれたちは金山が
For an alighting Mine -	舞い降りて来たかと思う
A Pleader - a Dissembler -	懇願者、偽善者、
An Epicure - a Thief -	快楽主義者、ぬすっと、

Betimes an Oratorio -	ときに「一人オラトリオ」で
An Ecstasy in chief -	エクスタシー長官たる
The Jesuit of Orchards	果樹園のイエズス会士は、
He cheats as he enchants	心を奪いつつ、薔薇香油を
Of an entire Attar	そっくり巻き上げる、
For his decamping wants -	逐電の路銀にしようと。
The splendor of a Burmah	ビルマの光輝、
The Meteor of Birds,	小鳥たちの流れ星は
Departing like a Pageant	バラッドと吟遊詩人の
Of Ballads and of Bards -	野外劇のように旅立つ
I never thought that Jason sought	イアソンが探していたのが
For any Golden Fleece	金の羊毛だとは思わなかった。
But then I am a rural Man	でもおれは田舎の男で
With thoughts that make for Peace -	考えるのは平穏な生活だけなんだ
But if there were a Jason,	でもイアソンみたいな男がいるなら
Tradition bear with me	伝説よ、ゆるしてくれ。
Behold his lost Aggrandizement	見てくれ、リンゴの木に実った
Opon the Apple Tree -	やつの失われた肥大化を

　第6連に "I am a rural Man" とあるので、語り手は男、そしてお
そらくはアーマストの農夫が想定されていると解釈したい。語
り手を、作者と同じ女性として読めば、さまざまな無理が生じ
る。単純な解釈は複雑な解釈にまさる。この詩の舞台が果樹園
それもリンゴ畑であるのも根拠のひとつである。この作品は一
義的には渡り鳥であるオリオールの去来を主題としている。こ
こでいうオリオールとは旧世界オリオール（*Oriolidae* 属）とは

属を異にする新世界オリオール（*Icterus* 属）、そしてそのなかでも昆虫のほかに花の蜜や果実を餌とし、果実の受粉を助ける Orchard Oriole を指していると思われる。メスよりオスが派手な色をしており、頭、背中、尾羽上部、そして翼が黒で、白い縞が混じる。胸から腹、尾羽下部は鮮やかなオレンジか黄色である。ここではその黄金色とも言えるオリオールのオスが、都会からやって来た、明らかに女たらしの伊達男に見立てられている。ときあたかも「金ぴかの時代」（The Gilded Age）である。南北戦争後の資本主義の急速な進展に伴って、アーマストではついぞ見かけなかったような金持ちを装った詐欺師が出没するようになったのだろう。「まぶしくて、おれたちは金山が／舞い降りて来たかと思う」（"So dazzling we mistake him / For an alighting Mine -"）は、拝金主義に対する皮肉である。その拝金主義批判をミダス王やイアソンなど古いギリシア神話の比喩を用いて展開するところは、次世代のエズラ・パウンドの金融資本主義批判（ウズーラ批判）をほうふつとさせる。しかし、ディキンスンの方がずっとユーモラスである。冒頭の "One of the ones that Midas touched" の "the ones" は拝金主義にどっぷり浸かっている者たちを指すのであり、詩人の念頭にあるのはまず間違いなくニューヨークの金持ちたちである。一方、ミダス王がタッチできなかった "us all" とはアーマストの農夫階級を指すのであろう。しかしながらそのアーマストも、浮気な放蕩児に象徴される資本主義に騙されかけている。"He cheats as he enchants / Of an entire Attar" では、女を誘惑する放蕩児の姿に、花の蜜を吸う Orchard Oriole のイメージが重ねられている。では、実際にこの放蕩児にたぶらかされた女とは誰か。語り手がアーマストの農夫であるとすれば、その娘以外には考えられない。「イアソンが探していたのが／金の羊毛だとは思わなかった」（"I never thought that Jason sought / For any Golden Fleece"）と

いうのは、金目当てではなく、自分の娘に本気で恋している
と思っていた、ということだ。農夫がコルキス王アイエテス
に、その娘がメーディアに見立てられていることになる。イア
ソン神話には、金の羊毛が掛けられていた木をリンゴの木と
するものもある。いささか強引な読解にみえるかもしれない
が、筆者がこう読みたくなる理由のひとつは、若い娘が放蕩
児に欺かれる物語を、花と（渡り鳥ならぬ）蜜蜂の関係に仮
託した作品がいくつか存在するからだ（F 1056 / J 661, F 1351 /
J 1339, 等）。この推測が正しいとすれば最後の2行 "Behold his
lost Aggrandizement / Opon the Apple Tree -" が暗示するのは、リ
ンゴの木にとまった黄金色の Orchard Oriole そのものの姿、あ
るいは Orchard Oriole によって受粉し、大きくなったリンゴの
実だけではないかもしれない。第5連で放蕩児は撤収するサー
カス団のように町を立ち去っていることから、もし "lost" がそ
の不在を表すとしたら、放蕩児が去ったのちに娘の体に生じた
変化、すなわち盗んだ「金の羊毛」の代わりに残した〈置き土
産〉を暗示しているのかもしれない。"his lost Aggrandizement"
はおそらく意図的な難解表現だが、読者に Orchard Oriole によ
る受粉とリンゴの実りを連想させることを通じて、放蕩児の所
業をほのめかしていると考える（フランクリン版のこの詩のB.2
ヴァージョンでは "Aggrandizement" の代わりに「報酬」を意味
する "emolument" が使われているが、この異文も上記の解釈と
矛盾しない。それどころか一層強化する。放蕩児は実子という
「報酬」を得て改心し、まっとうな人間に戻れたかもしれない
のだ）。だとすればこの詩はディキンスンの詩には珍しく、制
作当時のアーマストの歴史的状況を、卑俗なディテールにまで
立ち入って、われわれに見せてくれる作品と言える。「金ぴか
時代」を代表する作品のひとつとして、マーク・トウェインほ
かの作品と並べてみてもよいのではないか。

第 12 章　政治と経済とエミリ・ディキンスン　193

　さて、ディキンスンと経済と言ったとき、やはり一番の焦点になるのは詩の出版の問題である。このことについては、多くのことが語られ論じられてきたが、ここでは、アーキラとともに、この問題を新しい地平にのせて考察してみよう。取り上げるのは、これも出版の問題に触れる場合には、誰もが必ず用いる有名な例である——

F 788 / J 709

Publication - is the Auction	出版は、人の
Of the Mind of Man -	精神の競売。そんな
Poverty - be justifying	汚らわしいことをするくらいなら
For so foul a thing	貧困も、おそらく
Possibly - but We - would rather	正しいこと。われらは
From Our Garret go	われらの屋根裏部屋から、白い
White - unto the White Creator -	創造主のもとに、白いまま旅立とう
Than invest - Our Snow -	われらの雪を投資するくらいなら
Thought belong to Him who gave it -	思想は与えてくれたお方のもの
Then - to Him Who bear	それなら、思想を体現する
It's Corporeal illustration - sell	あのお方に、高貴な
The Royal Air -	調べを、ひとまとめに
In the Parcel - Be the Merchant	売り渡すのだ。天上の恩寵の
Of the Heavenly Grace -	商人となれ
But reduce no Human Spirit	人間の魂を、価格という
To Disgrace of Price -	恥辱に貶めてはならない

まず、上では「思想」と訳した大文字で始まる "Thought" であるが、The Emily Dickinson Handbok のマーサ・アクマン（Martha Ackmann）による巻頭論文 "Biographical Studies of Dickinson" が紹介しているエレン・ルイス・ハート（Ellen Louise Hart）の説では、これはディキンスンにおいては "Poetry" を意味する場合がある。トマス・H・ジョンソン編のディキンスン書簡集によれば、有名なヒギンソン宛の手紙（L 261）のなかでディキンスンは母親について "My Mother does not care for thought –" と書いている。従来これを根拠にディキンスンの母親は知的な事柄にあまり関心がなかったとされてきた。しかしハートによれば、これは編者がディキンスンの筆跡を読み間違えた結果であり、実際の手紙では大文字で始まる "Thought" であるという。したがってディキンスンは「母は〈詩〉に関心がない」ということを意味したに過ぎないのだという。アクマンはディキンスンの母 Emily Norcross Dickinson についての地道な調査から、彼女がその父 Joel Norcross の創設した Monson Academy（高校に相当）で当時女性が受けられる最高の教育を受けたことを立証している。とりわけ、この学校では科学が重視されたことが注目を引く。ディキンスンの "Thought" が "Poetry" を意味するというハートの主張はこの結果に沿うものになっている（Grabher 17-19）。ディキンスンの詩において、この意味で用いられた "Thought" は多くはない。筆者の知る限りでは、"Best Things dwell out of Sight"（F 1012 / J 998）がその確実な例のひとつだろう。そして、これから論じようとする詩も "Thought" を "Poetry" とすると非常に解釈し易くなる。

　さて、この詩のほかの語彙に注意すると、経済用語（"Auction", "invest", "Sell", "In the Parcel", "Merchant", "Price"）の多用が目立つ。まずはアーキラの見解を紹介するが、彼女は、The Wicked Sisters と "Emily Dickinson and the Art of Politics" の両者でこの詩に短く

言及している。どちらもほぼ同じ内容なので前者における評釈を引く——

> 反奴隷制運動のレトリックと新たな人間の奴隷化である賃金労働に抗議するレトリックが交錯するきわめて政治的な言語を配備しながら、ディキンスンは商業出版という「オークション」台に反対し、「人間の魂を、価格という／恥辱に貶めてはならない」と述べる。　　(*The Wicked Sisters* 56)

賃金労働に抗議するレトリックが用いられていることは、終わりの2行 "But reduce no Human Spirit / To Disgrace of Price -" に明白であろう。また、南部における奴隷売買が含意されているというアーキラの見方の根拠は、"Auction" の語が、奴隷売買市場において売り物の黒人奴隷を展示するために用いられる auction block を想起させることである。アーキラは、ディキンスンが詩の商品化に反対するのに際して、黒人や労働の商品化に抗議するレトリックを使っているとする。しかしながら、アーキラはこのことを根拠にディキンスンが奴隷制や賃金労働制の撤廃を主張していると示唆しているわけではない。なぜなら、この詩においては、労働の価格（"Price"）すなわち賃金は "Disgrace" と呼ばれ、白と反対の色が "foul" であることが暗示されているからだ。この詩人は、黒人奴隷にも移民賃金労働者にもけっして共感的ではない。このあたりについてアーキラは明らかに説明不足であり、場合によっては読者の誤解を招く。というのも、アーキラは "Emily Dickinson and the Art of Politics" の第4節 "Political Interiors" や、この論文のベースとなった挑発的な先行論文 "Emily Dickinson and Class" において、ディキンスンの人種主義を懸命に論証しようとしているからだ。ちなみに、"The Malay - took the Pearl"（F 451 / J 452）中の人種主義に正

面から向き合ったポーラ・ベネット（Paula Bernat Bennett）の
2002年の論文 "'The Negro never knew': Emily Dickinson and Racial
Typology in the Nineteenth Century"（*Legacy* Vol.19, No.1 [Lincoln,
NE: Nebraska UP, 2002]）や、ディキンスン家で庭師やメイドと
して雇われていた黒人やアイルランド人について調査したエイ
フ・マレイ（Aife Murray）の2008年の論文 "Architecture of the
Unseen"（*A Companion to Emily Dickinson*）などによって、ディキ
ンスンに人種主義的側面があったことは、今日ほぼ定説化して
いる。

　したがって、この作品は、商品化されることで汚れた奴隷労
働や賃金労働と同じ道を、「思想」（すなわち詩）にたどらせて
はならないと主張していると解すべきである。これはアーキラ
の解釈でもあるはずだ。そもそもディキンスンは奴隷労働や賃
金労働から、詩作行為を明確に区別している。前二者が人間の
産み出すものであり、繰り返し再生産できるものであるのに対
して、第2, 3連では、「人の精神」の所産であるはずの「思想」
が、元々は「白い創造主」のものであるとされているからだ。
すなわち、ディキンスンにとっては、詩は贈物（gift）として
意識されている。

　近代社会は、市場における商品交換の原理と贈与交換の原理
のふたつが支配する世界であり、市場主義の進展とともに、徐々
に前者が後者の領域を侵食しつつあると言える。市場における、
商品と（これも商品である）貨幣の交換は、即時に行われる等
価交換であり、商談成立後は、原理的には売り手と買い手の間
には、いかなる心理的つながりも残らない。それに対して、贈
与は、受けた側に借りができたという心理的負担を生じさせる。
受け手は、お返しの贈物すなわち反対給付を義務づけられるが、
即時に行う必要はない。多少の時間的な遅れがあってもよい。
むしろ即時のお返しは礼を欠くと取られる場合もある。また、

第12章 政治と経済とエミリ・ディキンスン 197

お返しの贈物は、もらった物と等価である必要はない。むしろ反対給付は等価であるかどうか相手に分からないものがよい場合も多い。もらった物より高価なお返しは、これも礼を欠くと取られる場合もある。市場における商品交換では、買った後に等価交換でなかったことが判明すれば、売り手にクレームをつけることも、返品することもできるが、贈与に対するお返しの場合は、たとえ贈った物と比べて著しく見劣るとしても、苦情を言うことはできない。精々、陰口をきくしかない。

　文学空間は贈与の原理に支配されている。しかも、詩を詩神の贈物と見なす霊感論の観点から眺めた場合、または通時的に眺めた場合、一方通行の贈与の原理が支配する世界である。一方的な贈与が受け取った側に負わせる心理的な傷をニーチェは「贈与の一撃」と呼び、けっして返せない、すなわち反対給付が初めから不可能であるような贈与を、中沢新一は「純粋贈与」と呼んでいる。この一方通行の贈与は、通常の反対給付可能な贈与以上に、商品交換の原理と相容れず、ときには敵対する場合さえある。この一方的な贈与の原理と商品交換の原理の対立をディキンスンがはっきり意識していることを、この "Publication - is the Auction" で始まる詩は示している。

　"Thought" すなわち詩は、直接には "Mind of Man" すなわち頭脳の産物だが、根源的には "Creator" すなわち詩神の所有物であり、詩人に贈られたものであるとこの詩では意識されている。贈物は市場に商品として出してはならない。この約束事に違う者は、魂の「汚れ」("foul") と「恥辱」("Disgrace") を招く。したがって、語り手は、創造主のものは創造主に返せと主張する。実際の表現は「あのお方に、高貴な／調べを、ひとまとめに／／売り渡せ」("Sell / The Royal Air - // In the Parcel -") であるが、敵方（この場合は市場経済体制）の語彙を借用して自分の論理を組み上げるのは、ディキンスンの常套手段であり、得

意技である。しかしながら、実のところ、詩人は作品を創造主に返すことはできない。反対給付が不可能な贈物は、また別の誰かに贈るしかない。可能性としては、生前にも、死後にも贈ることができる。生前に友人知人に贈る場合、すなわちアーキラが「女友達の共同体」と呼ぶ一種の公共圏（public sphere）に投じる場合、ディキンスンの贈与は、共同体内での通常の贈与交換を活性化するだろう。

　アーキラはこの詩の分析に贈与論の観点を用いていないが、その可能性にはおそらく気づいている。なぜなら、手紙や詩をやりとりする女友達の作る公共圏について、明らかに贈与論を踏まえて、こう述べているからだ——

> 女たちが家庭において父の権威に服従し、結婚制度のなかで「法的に」庇護され、合衆国憲法のもとで市民権と政治的存在を奪われていた時代に、ディキンスンの女たちとのやりとりは、古い社会における贈与（gift-giving）と同じ機能を果たしていたように見える。それは、制度化されざる形態の人的交流（social commerce）を生み出し、一方で人的交流が競争と敵対関係と張り合いの現場となるなかで、女たちの社会的存在および団結を肯定した。
>
> (*The Wicked Sisters* 19)

「創造主」に返礼できないことに起因する新たな贈与は、こうして女友達によって作られた文学空間内での詩や手紙のやりとりを誘発する。

　一方、生前にディキンスンが詩や手紙をやりとりした人々は数えるほどだったが、彼女は死後に多くの読者を得た。第2章で論じた "The Poets light but Lamps -"（F 930 / J 883）に見られるように、ディキンスンはそのことをかなりの自信を持って予期

していた。自分の詩が未来への一方的な贈物となることを、そして、その贈与行為が、市場経済の商品交換の原理とは対立することも明確に意識していた。次に引用する詩によって、このことは明らかである――

F 536 / J 406

Some - Work for Immortality -
The Chiefer part, for Time -
He - Compensates - immediately -
The former - Checks - on Fame -

Slow Gold - but Everlasting -
The Bullion of Today -
Contrasted with the Currency
Of Immortality -

A Beggar - Here and There -
Is gifted to discern
Beyond the Broker's insight -
One's - Money - One's - the Mine -

ある人々は不滅のためにはたらく
それより主だった人々は時間のためにはたらき
時間は直ちに報いる
不滅は名声の小切手で報いる

名声とは緩慢な黄金、だが永遠に続く。
今日の金塊

とは対照的な不滅性の

通貨。

そこここの乞食のまなざしの方が

株式仲買人の洞察よりも

先を見通すことができる

ひとつはお金、ひとつは金鉱

"Publication - is the Auction" で始まる詩と同じく、例によって、敵方である資本主義市場主義経済の用いる語彙（"Checks", "Gold", "Currency", "Broker", "Money"）を逆手にとって、自分の論理を構築している。最終行がやや分かりにくいが、"Money" が "Time" に、"the Mine" が "Immortality" に対応しているのは確実だろう。"Money" が "Time" であるというのは、フランクリンの有名な格言を暗に揶揄していると考えられる。時間（すなわちお金）は人々の働きに直ちに報いるというのは、商品としての労働と商品としての貨幣が即時に交換されるという商品交換の原理に言及している。それに対して、「不滅」すなわち詩のために働く者にとって、詩は「名声の小切手」であり、未来の名声を約束することによって報いる。いまは「乞食」にも等しい無名詩人は、その「小切手」が未来においてけっして不渡りにならないことを「見通す」（"discern"）ことができる。さきに触れた貴族的な "discern" が、ここでも市場経済側の「株式仲買人の洞察」（"Broker's insight"）と対置されている。アーキラは「ディキンスンは、『今日の金塊』たる貨幣、交換、そして自由に流通する現金を、『緩慢な黄金』、あるいは『不滅性の通貨』としての超越的な芸術作品と対置している」（*Historical Guide* 165）と述べているが、この「超越的な芸術作品」は、「贈与としての芸術作品」と読み替えることができる。「名声」

（"Fame"）などという言葉を正面切って口にされると、現代の読者は歯が浮くような感じを覚え、あるいは鼻持ちならない詩人と思いがちだが、生前の出版を諦めたディキンスンは、自分の詩を〈未来への贈与〉と覚悟し、後世の人々による〈お返し〉としての〈死後の名声〉のなかに生きようと決意した、と考えたい。

第13章
エミリ・ディキンスンの氷河期

F 532 / J 403

The Winters are so short -	毎年毎年、冬が短くて
I'm hardly justified	小鳥たちみんなを送り出して
In sending all the Birds away -	私自身が鞘にこもる
And moving into Pod -	理由がみつからない。というのも

Myself - for scarcely settled -	フィービーが、落ち着くなりすぐに
The Phoebes have begun -	鳴き始めたから。
And then - it's time to strike my Tent -	天幕を畳んで
And open House - again -	また家を開けるときだ

It's mostly, interruptions -	冬はたいてい中断に過ぎない
My Summer - is despoiled -	私の夏は自分のものじゃない
Because there was a Winter - once -	だって昔は冬はひとつで
And all the Cattle - starved -	牛たちはみんな餓死したから

And so there was a Deluge -	それから大洪水があって
And swept the World away -	何もかも流された
But Ararat's a Legend - now -	でも今じゃアララトはただの伝説で
And no one credits Noah -	だれもノアの話なんか信じない

1. 詩の解釈

1863 年春制作と推定されている作品である。この詩の一人称の語り手はいったい誰であろうか。通常われわれはエミリ・ディキンスンの詩中の "I" を詩人自身として読む。それで多くの場合、何の問題もない。しかし、この詩の場合に語り手を詩人と仮定すると、数々の障害にぶつかる。まず冒頭行の "The Winters are so short -" だが、言うまでもなくディキンスンの住むマサチューセッツ州の冬は長いというのがわれわれの常識だ。四季のなかでは夏をもっとも好み、夏の到来を待ち望み、夏の過ぎ行くのを惜しむ名品を多く残しているディキンスンらしからぬ感慨である。それに「鞘にこもる」("moving into Pod") というのは、どういうことであろうか。誰もが知っている 30 代以降のディキンスンの隠者のような生活を、あるいは何らかの精神的冬眠状態を暗示しているのであろうか。春を一番に告げる渡り鳥フィービーに促されるように、「天幕を畳んで／また家を開ける」とはいかなることだろうか。まさか窓や戸を開け放して、文字通り小鳥たちを家のなかへ招くということではあるまい。「私の夏は自分のものじゃない」と言っているのだから、小鳥たちを歓迎しているわけではなく、むしろ疎ましく思っているようである。これもわれわれの抱くディキンスン像、小鳥好きのエミリの姿からはほど遠い。極めつけは 11 行目の "Because there was a Winter - once -" である。「だって昔は冬はひとつで」とはいったいいかなる意味だろうか。そしてそれがなぜ直前の「私の夏は自分のものじゃない」の理由となりうるのであろうか。長い間この部分は、筆者にとって、ディキンスンの詩のなかでももっとも荒唐無稽な詩行のひとつであった。最終連を見てみよう。ここもまた謎めいている。もちろんノアの方舟への言及であるが、最後の 2 行「でも今じゃアララトはた

だの伝説で／だれもノアの話なんか信じない」からすると、語り手は創世記の内容を一字一句文字通りに歴史的事実と見なす保守的なキリスト教信者であるか、あるいは大洪水の直接の目撃者かのどちらかということになる。いずれにせよ、歴史上のエミリ・ディキンスンとはまったく結びつかない。また後者の場合だと、語り手はノアと同時代の死者の霊であるか、さもなくば、何千年も生きながらえてきた何らかの存在ということにならざるを得ない。

　何千年も生きる長寿の生物と言えば樹木以外には考えられない。ここで第1連の "moving into Pod" に戻れば、pod には seed-pod（種鞘）の意味もあることが想起される。つまり一人称の私とは、実は樹木なのではないか。語り手は人間ではなく、長寿の木なのではないのか。だとすれば第2連の「天幕を畳んで／また家を開けるときだ」も合点がゆく。春になって戻って来た小鳥たちの棲みかとなるために、冬ごもりをやめて、葉を広げ枝を伸ばすことだと解釈できるからだ。「天幕を畳んで」は種鞘から抜け出すこと、引き籠りから抜け出すことを表す暗喩と解釈し得る。「私の夏は自分のものじゃない」というのは、小鳥たちの世話に忙しくて、自分の時間がないということだろう。その自分の時間のない理由として語り手は「だって昔は冬はひとつで／牛たちはみんな餓死したから」だと述べる。この原文の "there was a Winter - once -" というのが、筆者にも最後まで謎だったが、冒頭行 "The Winters are so short -" と何度も対照させているうちに、あることに思い当たった。「昔は冬はひとつで」あった一方で、いま現在は冬は複数で、かつ短いのである。短いというのは、ひとつしかなかった昔の冬と比べて相対的に「短い」ということだ。「昔は冬はひとつで」（"there was a Winter - once -"）という言い回しが分かりにくいのだが、要するに昔は四季の区別がなく冬しかなかったということではないか。一年中冬だっ

たということである（第7章で取り上げたF 662 / J 542の詩行 "'Twas Sunset - all the Day -"[「一日中、日没だった」]を思い出させる）。だとすれば現在のニューイングランドの長く厳しい冬でさえも、相対的には短いと感じられるはずだ。現在でも冬しかない場所がある。北極と南極である。だがこの語り手は、いまは四季の変化があるニューイングランドも、かつては冬しかなかったと言っているのである。ここまで来て筆者の頭には次の詩が浮んで来た。

F 124E / J 216

Safe in their Alabaster chambers -	アラバスターの部屋で安楽に
Untouched by Morning -	朝にも触れられず
And untouched by Noon -	昼にも触れられず
Lie the meek members of the Resurrection -	復活の柔和な仲間たちは横たわる
Rafter of Satin - and Roof of Stone!	サテンの垂木に石の屋根
Springs - shake the seals -	来るたびに春は封印を揺すぶる
But the silence - stiffens -	しかし沈黙は硬化する
Frosts unhook - in the Northern Zones -	北極圏の霜が掛け金をはずす
Icicles - crawl from polar Caverns -	氷柱が極地の穴から這い出す
Midnight in Marble -	大理石をまとった真夜中が
Refutes - the Suns -	太陽に反駁する

アンソロジー・ピースのよく知られた詩である。普及版では第2連はたいてい "Grand go the Years - in the Crescent - above them -" で始まっているが、ジョンソンやフランクリン編集の3巻本の集注版を見るといくつか異稿が存在する。上に引用した第2連はフランクリン版では124Eの番号を振られた異稿に含まれ

る。大きく 3 種に分けられる第 2 連の異稿は、聖書的時間のスケールをはるかに超えた悠久の時間の流れを、それぞれ異なるイメージで暗示している。"Grand go the Years - in the Crescent - above them -" で始まる第 2 連は天文学的なスケールの時間の推移を表現し、上の "Springs - shake the seals -" で始まる第 2 連は地質学的なスケールの時間の変遷を表す。問題となるのは第 8, 9 行である。ここでは氷河期の始まりが、すなわち分厚い氷床（ice sheets）の北極圏からの南下が、おそらくは白熊のような猛獣のイメージで暗示されている。後述するように、かつてニューイングランドが厚い氷の下にあったことをディキンスンは知っていたのである。

　本題の詩に戻ろう。"there was a Winter - once -" は「かつて氷河期が存在した」という意味にほかならない。それに比べれば現在のニューイングランドの冬といえども短いのである。春になればいち早くフィービーが鳴き始め、語り手である「私」をねぐらとする。何万年も続く氷河期に比べれば、現在の「冬はたいてい中断に過ぎない」（"It's mostly, interruptions -"）。「中断」とは暖かさの中断の意味であろう。「たいてい」と言っているのは、例外的に氷河期並みに寒く長い冬が稀にはあるからだろう。ではその長い氷河期をこの私＝樹木はどうやって生き延びたのであろうか。これは恐らく科学的には正しいとは言えないだろうが、「鞘にこもって」、氷の下の土壌のなかに埋もれ、何ものにも煩わされることなく何万年も過ごした、とディキンスンは想像しているように思われる。第 4 連について言えば、これも科学的に正しいかは誰にも不明だが、ディキンスンはノアの大洪水と氷河期の終わりとを同一視していると推測される。大洪水の後に、樹木たる「私」は発芽し、枝葉を伸ばし、成木となったのである。このように解釈すると、はじめ支離滅裂に見えたこの詩のほぼすべての部分が必然性を帯びて来る。

この詩の意味するところをまとめておこう。「私」は氷河期を「種鞘」にこもって生き延びた樹木である。「私」は氷河期の間は何ものにも邪魔されず、自分だけの時間（長期休暇）を持つことができた。しかし氷床が北に後退し、大洪水とともに氷河期が終わって以来、世界は温暖化し、四季の変化が生じるようになった。氷河期の厳しい寒さに比べれば、冬は暖かさの「中断」と呼ぶべきものに過ぎなくなった。「私」は発芽し、やがて大樹となり、春になると葉を繁らせ、枝を伸ばし、小鳥たちにねぐらを提供するようになったが、ときどき何万年にもわたって心静かに過ごせた氷河期が恋しくなる、とこんなところだろう。

2. エドワード・ヒッチコックと氷河期説

かつて氷河期が存在したことは今日誰もが知っている。しかしそれが常識となったのは19世紀半ば以降であった。ヨーロッパの大半と北アメリカの北半分が、それぞれ北から張り出してきた分厚い氷床（ice sheets）に覆われていたとする仮説を初めて提唱したのは、スイスの動物学者・地質学者のルイ・アガシ（Louis Agassiz, 1807-73）であった。1837年に学会で発表されたその説は、1840年に「氷河に関する研究」（"Études sur les glaciers"）として公刊された。喧々囂々の議論を巻き起こしたこの説が、その後の検証作業を経て、広く認められるまでには長い歳月を要した。

このアガシの氷河説（氷河期説）をいち早くアメリカに紹介したのが、アーマスト・カレッジの自然神学と地質学の教授エドワード・ヒッチコック（Edward Hitchcock, 1793-1864）であった。1825年にアーマスト・カレッジで教え始め、1830年にはマサチューセッツの State Geologist（州地質学者）に任命され、

1840年には創設されたばかりのアメリカ地質学協会（Association of American Geologists）の会長となる。1845年にはアーマスト・カレッジの学長（54年まで）となり、ディキンスンの祖父が創設に関わったカレッジおよびカレッジと関係の深いアーマスト・アカデミー（中等教育学校）の両方のカリキュラムに絶大な影響を及ぼした。当時はディキンスンの父エドワードがカレッジの財務理事（1835-72）でもあったから、ヒッチコック家とディキンスン家の間には親密な往来があり、ヒッチコックの長女はエミリの幼友達であった。1840年から47年までアーマスト・アカデミーで学んだディキンスンの知的成長にとって、ヒッチコックがいかに重要な存在であったかは、リチャード・シューアル（Richard Sewall）がその画期的な伝記で詳説している（Sewall 342-57）。そのなかでシューアルは、ハリエット・マーティノー（Harriet Martineau）が1835年にアーマスト・カレッジでヒッチコック教授の地質学の講義を参観したときの記録を引用しているが、それによれば、近くの学校（アーマスト・アカデミー）の女子生徒40〜50人とアーマストの農夫や機械職人たちが、大学生とともに講義を聴いていたという。ヒッチコックが学長であった1840年代にディキンスンも同じような恩恵にあずかった可能性があるとシューアルは述べている（Sewall 347）。また、植物学者や地質学者であれば当然ではあるが、ヒッチコックは学生たちに加えて町の若者たちをしばしば野外調査に連れ出していたというから（Sewall 344）、ディキンスンがそのような調査に（何度も）参加したとしてもおかしくない。

　ヒッチコックの地質学者としての代表的著作のひとつは、晩年まで何度も増補改訂された *Elementary Geology* である。ヒッチコックはマサチューセッツの State Geologist の職を1830年から44年まで務めたが、その間実施した調査の成果が、まずは1833年の *The Report on the Geology, Mineralogy, Botany, and Zoology of*

Massachusetts として、また大幅に改訂増補した *The Final Report on the Geology of Massachusetts*（2 巻本、1841 年）として公刊された。後者の第 2 巻（第 3 部 "Scientific Geology" と第 4 部 "Elementary Geology" から成る）をベースにして同時に出版準備されていたのが *Elementary Geology*（1840 年初版）である。

　Elementary Geology はアーマスト・カレッジ、アーマスト・アカデミー、そしてディキンスンが 1 年だけ学んだマウント・ホウリョーク女子学院で教科書として用いられただけでなく（ヒッチコックは創立者のメアリー・ライアンを通じて女子学院のカリキュラムにも大きな影響を及ぼした）、広く全米で地質学の教科書として使われた。その初版が出たのは偶然ながらディキンスンがアーマスト・アカデミーに入学した 1840 年であった。この年は、上にも述べたようにアガシの論文「氷河に関する研究」が出た年でもある。したがって *Elementary Geology* 初版には氷河説は紹介されていないが、ヒッチコックは翌年に早々に改訂版（第 2 版）を出版して、その前文（Preface）でこう述べている。

　こんなにも早く第二版を出さねばならぬとは予想しませんでした。しかし、筆者は地質学のたゆまぬ進歩に遅れてはならずと精一杯の努力を致しました。もっとも重要な補足は、いまヨーロッパで大きな関心事となっている「氷河と氷河の作用」という問題に関するものです。筆者は、ロンドンの J・パイ・スミス教授とニューヘイヴンのシリマン教授のご厚意により、「氷河に関する研究」と題されたアガシの最新の著作と、ロンドン地質学協会会員を前にしてアガシ、バックランド、ライアル各氏が読まれた論文を、いち早く入手できました。アガシの論文中のすばらしい図版の何枚かを木版画として再録しました。第 6 セクションの氷

河の歴史および従来「洪積作用」と呼ばれて来た現象への
この歴史の応用は、地質学のもっとも難しい問題のいくつ
かに光を当てることによって、この科学の、重要な新しい
一章と見なされるであろうと自負しております。

(*EG*1841, vi-vii)

ここに言及されている第6セクション第1パートは、1840年
初版では "Landslips, Icebergs, etc." と題され、正味わずか1頁に
満たないが（*EG*1840, 162-63)、1841年の第2版ではこの第1
パートは "Glaciers, Avalanches, Icebergs and Landslips" に改題され、
頁大の3枚の氷河のイラストを含めて6頁半に拡張されている
（*EG*1841, 166-73)。ヒッチコックは、イギリスや大陸の先進的
な地質学の理論に誰よりも敏感で、それらを積極的に吸収して
いた（たとえば、アメリカのほかの地質学者がこだわっていた
ヴェルナーの水成説をいち早く脱して、ハットンやライエルの
火成説に転じていた)。だが、それ以上に、ヒッチコックのな
かにはアガシ説を受け入れる素地がすでに出来ていた。長年の
野外調査によって、大洪水説では説明し切れない数々の地質学
的現象（巨礫や擦痕）に遭遇していたからだ。ヒッチコック＝
シリマン往復書簡集の編者ロバート・L・ハーバートは、「知
らず知らずのうちに、彼［ヒッチコック］は、巨大な氷冠が北半
球全体を覆っていたというルイ・アガシの説の一歩手前まで来
ていた」(Herbert 29) とまで言っている。だからこそヒッチコッ
クはヨーロッパで議論を呼んでいたアガシの新説をいち早く評
価することができた。従来、過去の大洪水の作用（洪積作用
［Diluvial Action］）にその原因が帰せられていた地質学的現象が
氷河の作用としてより合理的に説明できることを、長年の経験
から悟ったのである。
　かつて地質学では、地球の歴史を四紀（four periods）に区分

し、現代に至る第四紀（Quaternary Period）はさらに「洪積世」（Diluvium）とより新しい「沖積世」（Alluvium）に分けられていた。この区分は陸上で観察される堆積物の種類の違いによるものであった。川の流域に見られる堆積物は、川自身によって運ばれ堆積したものであることが正しく認識され、「沖積層」（alluvium）と呼ばれた。これに対して、現在の川筋とは無関係な広い分布をもつ堆積物が、創世記のノアの大洪水の所産であると考えられ、「洪積層」（diluvium）と呼ばれたのである。洪積層を構成するのは泥、砂、砂利、岩屑であり、なかには重量何百トン、何千トンもの巨礫（erratic boulders と呼ばれる）も見られる。ヒッチコックはマサチューセッツ州フォール・リヴァーには推定 5400 トンもの巨礫が存在することを指摘している（*EG*1841, 202）。洪積層の特徴は、沖積層のように川の作用によって長い時間をかけて堆積したというより、はるかに短期間に堆積したように見えることであり、川の流れによって運ばれ堆積した沖積層の岩とちがって摩耗がほとんどないことであった。

　ルイ・アガシは、スイス・アルプスの氷河に関する先輩学者たちの研究に基づいて、ヨーロッパ大陸各地の洪積層と呼ばれていた堆積物を調査し、それらがスイス・アルプスにおいて氷河が後退したあとに残る「モレイン」（moraines、氷堆石）と呼ばれる堆積物に類似していることを発見した（氷河の移動によって岩の表面に残る擦痕［striation］などの現象も確認している）。その成果をもとにアガシは、かつては北半球の大半が、今日のグリーンランドと同じように、しかしはるかに分厚い氷床で覆い尽くされていたとする氷河説（氷河期説）を発表し、大スキャンダルを巻き起こした。アガシは自説を証明するためにイングランド北部、スコットランド、アイルランドを調査し、そこでも moraines を発見した。1847 年、アガシはハーヴァード・カレッジの教授となり、後に合衆国に帰化するのだが、北

アメリカ北部の氷床の厚さを知るためにニューイングランド最高峰のマウント・ワシントン（1917m、ニューハンプシャー州）に登り、頂上のすぐ下まで氷床が達していたことを確認する（Agassiz, "Ice-Period in America" 92）。

アガシはハーヴァードの教授となってからアメリカの商業雑誌にも寄稿するようになる。ディキンスンが愛読していた *The Atlantic Monthly* だけに限っても、1862 年に "Methods of Study in Natural History" と題する論文を 3 回（7, 9, 11 月）に分けて発表したのを皮切りに、ディキンスンが "The Winters are so short -" を書いたと推定される 63 年には 9 本、翌 64 年には 4 本、66 年から最後の 74 年までの間に 5 本を発表している。ほとんどが地質学の論文であり、氷河や氷河期に関するものが多い。とくに 1864 年 2 月の "Glacial Period" と 7 月の "Ice-Period in America" はアメリカの一般読者に氷河説を紹介することに貢献したと思われる。これは、フランクリンの制作年代の推定が正しければ、すでに "The Winters are so short -" を書いた後だが、ディキンスンは 20 年以前にヒッチコックの *Elementary Geology* によって氷河説の概要は知っていた。

アガシ以前から地質学の世界では、洪積層をノアの大洪水の所産とする説には異論があった。それを反映して、ヒッチコックの本も、1840 年の初版から、第 6 セクション末尾に「洪積作用に関する諸説」（"Theories of Diluvial Action"）という節を設けて、ノアの大洪水説を含めて 7 つのさまざまな仮説を紹介・検討している（*EG*1840, 194-202）。なかには氷山説、彗星説などというのもある。アガシを読んだ直後の 1841 年版では、6 つの仮説を列挙した後で、"The Glacial Theory" を別格扱いで長々と紹介・検討している（*EG*1841, 216-19）。その冒頭の氷河説を簡潔に要約したパラグラフを、以下に引用しておく（実はこれはアガシ説の純粋な要約ではなく、ヒッチコックの見解を一

部含んでいるのだが、この重要な問題については後述する）。
ディキンスンが使った 1842 年版ではタイトルが "The Glacier
Theory" に変更されているが、内容に変わりはない。ディキン
スンが当時、氷河説についてどれほどのことを知り得たのかが、
これによって分かるだろう。

氷河説。このセクションの最初のパートで記した氷河の歴
史は氷河説の基礎をなす。この説は次のことを仮定する。
すなわち第三紀の終りに地球表面の温度の急激な低下が起
こり、それによってすべての生命体が死滅した。そして少
なくとも高緯度地域ではごく普通の山岳地帯に氷河ができ、
実のところ、巨大な氷床が山岳地帯の表面ほぼすべてを覆
い、漂礫（drift）現象が観察される南限まで延伸した。北方
域、とりわけ北極圏においては、巨大なメール・ド・グラー
ス氷河が出来たとされる。そこから膨張する力によって莫
大な量の氷河が南の方向に送り出された。これらの氷河の
前進と後退はモレインを堆積させ、岩の表面に擦痕を刻み、
浮彫模様（羊群岩）を残した。［氷河期が終り］気温が上昇
すると、分厚い氷床が解けて大量の水が流れ始めた。その
水が岩屑を積載した巨大な氷の山を持ち上げ、運び去った。
こうして岩のブロックがあちこちにまき散らされることに
なった。モレインによって谷が埋まることで湖や池が形成
され、現在漂礫の上に堆積しているような粘土や砂が堆積
したと考えられる。後に、これらの軟弱な土手に亀裂が入り、
水が徐々に排出されて、現在のような水位になったのかも
しれない。世界の一部地域では、同時期における、例えば
アルプスのような山の隆起が、上記の影響を促進したかも
しれない。

　　　　　　　　　　　　　　　　　　　　　（*EG*1841, 216）

このなかの「すなわち第三紀の終りに地球表面の温度の急激な低下が起こり、それによってすべての生命体が死滅した」という一文は、詩のなかの "And all the Cattle - starved -" を想起させて興味深い。"the Cattle" は牛だけでなく、動物一般を指していると考えてよい。マサチューセッツ州の地質学的調査では、ヒッチコックは多くの古生物の化石を発見・収集し、この本のなかでも妻オーラによるイラストで紹介している。また、現物はいまもアーマスト大学付属の自然史博物館に収蔵されている。アーマスト・アカデミーの生徒であった当時、ディキンスンも見たと考えてよい（見なかったことを証明する方がむずかしい）。

3. ヒッチコックとノアの大洪水

アーマストの詩人ディキンスンとの関連でもっとも興味深いのは、1841 年版の *Elementary Geology* の第 6 セクション、第 2 節（"Effects of Glacio-aqueous Action upon the Earth's Surface"）中の第 2 項（"Ancient Moraines"）に見られる「モレイン」と呼ばれる堆積物についての記述である。ヒッチコックは「ニューイングランドではこれらの堆積物は非常にありふれている」（"In New England these accumulations are very common, ..."[197]）と述べた後で、イラストをまじえて次のように書いている（英語原文に続いて訳注と和訳を添える）。

Fig[ure]. 99, exhibits a singular group of moraines though much less elevated, in the east part of Amherst, about two miles from the College. These are made up entirely of gravel and sand, with perhaps a few bowlders [sic].

Fig. 99

Moraines: Amherst

Rem[ark]. 1. Before the Rev. Justin Perkins, now American Missionary at Ooroomiah* in Persia, left this country, I showed him the moraines exhibited on the above figure, and requested him to notice whether any similar appearances exist in central Asia, especially in Armenia. In a letter received from him after he had passed through that country, he says, that before he reached Mount Ararat, and on the vast plain on its north side, "we passed many sections of diluvium much like the one we visited back of Amherst**." This fact renders it probable that moraines exist in that country.

Rem[ark]. 2. In the above cases we may be sure that these moraines remain almost exactly as they were left by the ice: for it is impossible that water could have subsequently altered their form essentially: for the cavities between the elevations are not valleys, through which water may have flowed, but irregular depressions.

(*EG*1841, 197-98)

注 *）"Ooroomiah": パーキンズ牧師独得の綴り。通常は Urmia（あるいは Urumiah）と綴られる。日本語で綴ればオルーミーイェ。イラン北西部の都市。現在は西アゼルバイジャン州の州都。アララト山の南南東200数十キロ。

注 **）"back of Amherst": アーマストは西のコネチカット川側から開拓されたので、町の東は「奥」となる。

図 99 は、大学から 2 マイルほど離れたアーマスト東部にある、さほど高くはない風変わりなモレイン群を示している。これらは砂利と砂だけからできており、おそらくは若干の巨礫も含まれる。

［図 99　アーマストのモレイン］。

所見 1：現在ペルシアのオルーミーイェにおられるアメリカ人宣教師ジャスティン・パーキンズ牧師がアメリカを発たれる前のことだが、筆者は上掲の図版に示されたモレイン群に氏を案内し、中央アジアとりわけアルメニアに同じような外観の地形が存在しないか注意してくれるよう依頼した。かの地方を通過されてから書かれた手紙のなかで氏は、アララト山に到達する前に、その北側に広がる平原で「アーマストの奥でわれわれが訪れたものと非常によく似た洪積層群をいくつも通過しました」と言っておられる。このことから、かの地方にはモレインが存在する可能性がある。

所見 2：上の諸例においては、これらのモレインはいまも、かつて氷によって取り残されたときとほぼ同じ状態にあると考えてよいだろう。なぜなら、その後の水の作用がこれらの形状を根本的に変え得たとは考えられないからだ。というのも、山と山の間の窪みは水が流れた谷ではなくて、不規則なへこみであるからだ。

イラストの下のふたつのパラグラフ（*Rem.*1 と *Rem.* 2）はいずれも初版にはなく、1841 年の第 2 版で初めて登場する。*Rem.* 1 に引用されたパーキンズの手紙の一節は、20 頁ほど後に別の

一節が引用されているパーキンズの 1840 年 11 月 6 日付の手紙に由来すると思われる（*EG*1841, 218）。*Rem. 2* はアガシ説に基づいているが、アガシの「氷河に関する研究」（"Études sur les glaciers"）が公刊されたのは 1840 年 10 月であり、ロンドン地質学協会会員を前にしてバックランドやライアルとともに研究発表したのは、ジュール・マルクー（Jules Marcou）のアガシ伝第 1 巻（*Life, Letters, and Works of Louis Agassiz*. Vol.1）によれば、11 月 4 日であった（Marcou 168）。先に引用した 1841 年版の序文にもあるように、ヒッチコックはロンドンの J・パイ・スミス教授（ロンドン近郊のホマートン・カレッジ）とニューヘイヴンのシリマン教授（ベンジャミン・シリマン［1779-1864］。ヒッチコックの恩師。ヒッチコックよりはるかに著名な地質学者。*The American Journal of Science* の創刊者。イェール・カレッジ教授）を通じて、これらの資料を入手している。それは、ヒッチコックとシリマンの間で交わされた書簡集を編んだロバート・L・ハーバートによれば 1841 年 5 月下旬のことであった（Herbert 42）。すなわち、当時のペルシア奥地からの郵便事情と考え合わせると、ヒッチコックはこれらふたつの資料を 1841 年前半に相前後して受け取ったと考えられる。

　イラストについて述べれば、1841 年版には計 118 枚のイラストが使われているが、アーマスト近隣のホウリョーク山を描いた 2 枚（Fig. 36 と Fig. 108）を除けば、アーマストの地形のイラストはこの Fig. 99 のみである。1840 年の初版でも同じイラストが使われているが、そこではこの地形は「大規模な洪積層」（"large accumulations of diluvium"［*EG*1840, 187］）と説明されている。1841 年版では、アガシの用語 "moraines" が取って代わっていることが分かる。ちなみにヒッチコックの著作に添えられたイラストの多くは妻のオーラ（Orra White Hitchcock, 1796-1863）によって描かれたものである（Tyler 8）。また、こ

のイラストは前述した 1833 年刊の *The Report on the Geology, Mineralogy, Botany, and Zoology of Massachusetts* にも用いられているので（p. 144）、描かれたのはそれ以前であることが分かる。

　ディキンスンが使ったとされる教科書は 1842 年版であるが（Uno 3）、引用した一節に関する限り、1841 年版との違いは、イラストの番号が 99 から 100 に変更され、かつ "This fact renders..." で始まるセンテンスが "Being now（March 1842）on a visit to this country, he informs me, on the authority of Rev. Mr. Johnson, American Missionary at Trelirond, on the Black Sea, that such moraines are common in Cilicia in Asia Minor."（*EG*1844, 196）というセンテンスに入れ替わっていることだけである。イラストは 122 枚に増えるが、やはりアーマストのイラストはこの 1 枚だけである。イラスト自体もまったく同じものである。

　ディキンスンをはじめアカデミーの生徒たちが、地元を描いたこのイラストに目を引かれたことは想像に難くないし、またヒッチコックの講義においても、この部分に来ると話がいっそう熱を帯びたことが容易に想像される。ヒッチコック率いる野外調査でも、カレッジから至近距離のこの場所は彼のお気に入りのポイントではなかっただろうか。もっともこのイラストは、おそらくは地表に生えている草木を取り除いた概念図であり、このままの風景が広がっていたわけではないだろう。

　この引用文中でそれ以上に興味深いのは、*Rem.* 1 の内容である。ヒッチコックはペルシアに宣教師として赴こうとしているジャスティン・パーキンズ（Jastin Parkins［1805-69］）牧師に、イラストに描かれたアーマストの "moraines" を実際に見せ、アララト山周辺にも同様の地質学的現象が見られるか注意して欲しいと頼んでいる。パーキンズは、アーマスト・カレッジの卒業生（1829 年）で、アーマスト・アカデミーやカレッジでも短期間教えたことのある人物である。赴任先で現地の言語を学

び、聖書の典礼シリア語訳と現代アラム語訳を出版したことで知られているが、彼がアメリカを発ったのは1833年9月である。まだアガシは氷河説を唱えていない。したがってヒッチコックがパーキンズに対して "moraines" という用語を使ったはずがない。実際、パーキンズの手紙の文面には "diluvium"（洪積層）とある。ヒッチコックはパーキンズに、アララト山周辺に大洪水の痕跡である "diluvium" が見られるか注意してみてくれ、と頼んだはずである。パーキンズの手紙によって、アララト山周辺にもノアの大洪水の同じ痕跡が残っていることを「発見」して、ユニテリアンから敬虔なカルヴィニストに転じたヒッチコックは、ひどく興奮したに違いない。また、たとえ手紙を受け取ったのがアガシの氷河説を知り、有力な仮説と直観した後であったにせよ、未だ学界での評価が定まらない仮説である以上、聖書の大洪水を裏づけるパーキンズの手紙の衝撃が減じたわけでもなかっただろう。

　いずれにしても、ヒッチコックは *Rem. 1* と *Rem. 2* を並べることで、ノアの大洪水説と氷河説を両論併記している形になっている。つまりこの *Elementary Geology* 第6セクション、第2節、第2項（"Ancient Moraines"）においてヒッチコックは、ニューイングランド各地に残るモレインを証拠に挙げてアガシの氷河説を支持しようとしながらも、*Rem. 1* に見られるように、一部の学者が疑い始めていたノアの大洪水説を捨てられずにいるのである。一方で、先述のロバート・L・ハーバートによれば、保守的な神学者たちは創世記を文字通りに受け取らないヒッチコックを常日頃批判していたと言う［Herbert 44］。だとすれば、これは保守派に対する妥協の一形態とも考えられる。

　実はヒッチコックは、パーキンズ牧師の証言を引用することによって、ノアの大洪水説に可能性を残しているだけでなく、もう一歩踏み込んで、アガシの説とノアの大洪水説をい

わば融合しようと試みてもいる。先に触れた 1841 年版第 6 セクション末尾の "The Glacial Theory" に次のような一節が見られるのである（ディキンスンが使った 1842 年版では "The Glacier Theory" に改題されるが、記述に違いはない）。

推論 2：この説を単に「氷河説」と呼べば、「洪積説」と呼ぶのと同じくらい間違った印象を生む。なぜなら膨大な水の流れと広範囲に及ぶ大洪水は、途方もなく厚く堆積した氷が解けた結果にほかならないからだ。それは岩や砂利を 400 から 600 マイル南に運び、盆地に大きな湖を作り出すのに十分な規模だった。そしてもし気温の上昇が、アガシが仮定する気温の低下と同じくらい急激なものであったとするなら、途方もない大洪水が引き起こされたに違いない。したがって、この理論は「氷河洪水説」と呼ぶのがよりふさわしいと思われる。

所見：大量の雪と氷の突然の融解の影響を例証する珍しい例について、アララト山からほど遠くないペルシアはオルーミーイェ在住のアメリカ人宣教師ジャスティン・パーキンズ牧師が、筆者宛ての 1840 年 11 月 6 日付の手紙で意見を述べておられる。1840 年夏にアララト山とその周辺で起こった二回の大地震について述べられるなかで、氏はこう言われている。「山の頂上とその周囲に何世紀にもわたって堆積した膨大な量の雪が崩壊し、その一部が山の斜面から大量に振り落とされ、（折しも真夏のため、下の暖かい所まで滑り落ちて、あっという間に解け）、解けた水が奔流となって山裾を流れ下り、ふもとの平地を広範囲にわたって水没させました」。

（EG1841, 218）

氷河期の終わりに気温が急上昇し、それに伴って厚さ 1 マイ

ル前後の氷床が解けだし、世界各地で大洪水が発生した。これによって、ヨーロッパや北アメリカ北部に見られる洪積層（diluvium）あるいはモレイン（moraines）は説明できるとヒッチコックは考える。この仮説が現在の地質学においてどのように評価されているか筆者には分からないが、仮説の当否はここでは問題ではない。問題なのは、ヒッチコックがアララト山周辺の地形についての報告を引用することによって、氷河期末期の大洪水と聖書のノアの大洪水が同一である可能性を示唆していることである。聖書の話が伝説である以上、それを氷河期末期の大洪水と結びつける証拠が存在するはずも、出て来るはずもない（そもそも現在のアララト山が聖書の "mountains of Ararat"［Gen. 8:4］と同じか否かも問題含みである）。もしヒッチコックが実証を重んじる慎重な科学者に過ぎなかったならば、たとえ暗示であれ、こういう冒険的な言説は回避しただろう。

　もうすでに筆者が何を言いたいかは明らかだと思うが、"The Winters are so short -" で始まる詩の第4連における氷河期の終わりとノアの大洪水を結びつける発想は、ヒッチコックの本の、まさにこの箇所を直接の淵源としていると考えられる。1800篇近いディキンスンの詩のなかで、ソース（材源）がはっきりしているものはきわめて少数だが、この詩はその数少ないなかのひとつであると筆者は確信している。

4. ディキンスンの地質学的想像力

この1863年春制作と推定される詩は、はるか20年以前に使った地質学の教科書等を材源としている。では、20年も経過したのちに学校時代の授業を思い出し、氷河期についての詩を書く契機とは、いったい何だったのだろう。初め筆者は、前述したように、アガシが1862年を皮切りにディキンスンの愛読

する The Atlantic Monthly 誌に氷河や氷河期に関する論文を続々と発表し始めたのがきっかけだろうと思っていた。ところが1866年に出版されたヘンリー・M・バート（Henry M. Burt）著の Burt's Illustrated Guide of the Connecticut Valley という本に目を通しているとき、偶然、「1862年の大氾濫」と題された次のような記述に遭遇した——

> 4月20日、日曜日に最高水位——ノーサンプトンの町始まって以来の記録を2フィート上回る——に達したコネチカット川の大氾濫は、ホウリョーク山から眺める者には美しい景色を呈した。オックスボウの草地、ノーサンプトンの南北の草地、そしてハドリーの草地一面が水で覆われた。推計によれば、ほぼ10,000エーカーが水没した。コネチカット川にかかるハドリーとノーサンプトンを結ぶ橋付近では、水は橋桁の3,4フィート下まで達し、ノーサンプトンの住民が多数見物にやって来た。そこから氾濫した川が押し出した大量の水がよく見えたのだ。　　　　　（Burt 234-35）

詩を書くちょうど1年前にコネチカット川の大増水（freshet）があったのだ。ここでは草地の水没だけが取り上げられているが、当時の New York Times によれば、翌4月21日には過去に前例のない水位となり、ウェスト・スプリングフィールドの大半が浸水し、多くの家々の一階部分の窓から水が屋内に流れ込んだ。西岸のノーサンプトンでも同様で、住民は家から家へボートで移動しながら避難したという。

　筆者は、川の大氾濫が、氷河期と大洪水をめぐる詩の制作につながったとだけ言いたいわけではない。この大氾濫は流域の草地（牧草地）や家屋に大きな被害を出したわけだが、バートの文章にもあるように、ホウリョーク山頂から眺める景色は、

それまで誰も見たことがないピクチャレスクな絶景であった。1862年と言えば、ディキンスンの引きこもり傾向が顕著になり始めていた時期だから、実際に出かけて行ってその光景を見たかどうかは不明だが、コネチカット川大氾濫のニュースは、彼女にある「幻の湖」のことを思い出させたにちがいないのである。

　前節末尾に引用した1841年版 *Elementary Geology* の第6セクションに、氷河期の終わりに発生した大洪水は「盆地に大きな湖を作り出すのに十分な規模だった」("sufficient ... to form extensive lakes in the depressions of the surface") という記述があった（*EG*1841, 218）。実はエドワード・ヒッチコックは、現在は盆地である身近な場所に、かつて満々と水を湛えた巨大な湖が存在していたことを、氷河期説に出会う20年ほど以前から知っていた。彼は1823年に *A Sketch of the Geology, Mineralogy, &c. of the Connecticut*（New Haven, CT: S. Converse, 1823）と題する150頁ほどの小冊子を出版しているが、そのなかの Part III "Scenery" 中の "Mount Holyoke"（127-31）という節で、晴れ渡った夏の日のホウリョーク山頂からの眺望を、はじめは肉眼で、次には倍率40倍の望遠鏡を用いて詳細に報告している。アメリカン・ピクチャレスク美学の大家トマス・コール（Thomas Cole）が同じ山に登って、かの有名な *The Oxbow*（1836）を描く十数年も以前のことである。*The Oxbow* が見せてくれるのは山の西に広がる景色だけだが、ヒッチコックの文章は山から見晴るかす遥かに壮大なパノラマを描き出している。極めつけは、望遠鏡の助けを借りて、はるか南にロング・アイランドの丘陵を確認していることだ。この節の末尾に次のような文章が見える（ヒッチコックは三人称を用いて語っている）――

　この地質学者の心の眼には見えてしまうのだ。太古の昔、

ホウリョーク山とトム山の間が流れに削られ、水が押し通るまでは、ホウリョークの北と西に広がる流域はコネチカット川の水に満たされていたに違いないことが。そして彼はまたこうも結論する。ミドルタウンの手前の山地をコネチカット川の流れが削って押し通るまでは、ホウリョークの南の広い流域には、もうひとつ同じような、しかしはるかに大きな湖が存在したに違いないのだ、と。それゆえ彼は思いを巡らす。これらの湖の水が退き始めたのがいつのことだったのか、またこのような巨大な岩山を削るのにどれくらいの時間を要したのかについて。そして知らず知らずのうちに、彼の思いは遡ってゆく。ナイアガラの滝が７マイルの後退を始めた頃に、あるいはミシシッピとガンジスのデルタが海を浸食し始めた頃に、あるいは大洪水が起こり「およそ天の下にある高い山がすべて覆われた」頃にまで。

（*A Sketch* 130-31）

ここに出てくる「ミドルタウンの手前の山地」を南限とし、コネチカット川沿いに広がっていた幻の「大きな湖」は、現在、地質学では「ヒッチコック湖」（Lake Hitchcock）と呼ばれている。ヒッチコックが、過去にはマウント・ホウリョークの頂上近くまで水没していたことを示す地質学的証拠を発見することによって、その存在を証明したからである。北はヴァーモント州北部まで達する南北 200 マイルの巨大な湖だった。アガシの氷河期説を知るはるか以前だから、若きヒッチコックがこの湖ができた原因をノアの大洪水に帰しているとしても何の不思議もない。

　アーマスト・カレッジの地質学の授業で、あるいは野外調査で、間違いなくヒッチコックはこの巨大な湖のことに触れただろう。聴き手のなかにアーマスト・アカデミー在学中のエミリ・

ディキンスンが含まれていた可能性は、前にも述べたが、かなり高い。あるいは、教科書 *Elementary Geology* に加えて、この小冊子を読んでいたことさえ十分想定できる。アーマストが氷河期には厚さ１マイルの氷床の下にあったことをディキンスンは知っていた。そして、氷河期が終わってしばらくは「ヒッチコック湖」の水底にあったことも知っていた。"The Winters are so short -" は、シエラ・ネヴァダの詩人ゲーリー・スナイダーや、スナイダーに先行する詩人ケネス・レクスロスと同様に、「地質学的想像力」と呼ぶべき能力を駆使し得る必要条件を、ディキンスンもまた備えていたことを示している。筆者は、ディキンスンの作品中に、かつてアーマストが湖の底にあったことを暗示する詩がないか探索中であるが、未だめぐり会えない。あるいは徒労に終わるかもしれない。

［再版時追記──現在の地質学では、北アメリカの北半分を覆った氷床の厚さは 3,000m ほどとされている。］

引用文献一覧（Works Cited）

［Primary Sources］

Franklin, R. W., ed. *The Poems of Emily Dickinson.* 3 vols. Cambridge, MA: Harvard UP, 1998.

Johnson, Thomas H., ed. *The Poems of Emily Dickinson.* 3 vols. Cambridge, MA: Harvard UP, 1955.

［Secondary Sources］

Agassiz, Louis. "Glacial Period." *The Atlantic Monthly*, February 1864. 224-32.

―――. "Ice-Period in America." *The Atlantic Monthly*, July 1864. 86-93.

Anderson, Charles R. *Emily Dickinson's Poetry: Stairway of Surprise.* New York: Holt, Rinehart and Winston, 1960.

Bennett, Paula Bernat. "'The Negro never knew': Emily Dickinson and Racial Typology in the Nineteenth Century." *Legacy* Vol.19, No.1. Lincoln, NE: Nebraska UP, 2002.

Browning, Robert. *The Poems.* Vol.1. New Haven, CT: Yale UP, 1981.

Burt, Henry M. *Burt's Illustrated Guide of the Connecticut Valley.* Springfield MA: New England Publishing Company, 1866.

Cameron, Sharon. *Lyric Time: Dickinson and the Limits of Genre.* Baltimore, ML: Johns Hopkins UP, 1979.

Capps, Jack L. *Emily Dickinson's Reading: 1836-1886.* Cambridge, MA: Harvard UP, 1966.

Cody, John. *After Great Pain: The Inner Life of Emily Dickinson.* Cambridge, MA: Harvard UP, 1971.

Emerson, Ralph Waldo. *Essays and Lectures.* New York: The Library of America, 1993.

Erkkila, Betsy. "Dickinson and the Art of Politics." Ed. Vivian R. Pollak. *A Historical Guide to Emily Dickinson.* New York: Oxford UP, 2004.

―――. "Emily Dickinson and Class." *American Literary History* 4（1992），

1-27.

——. *The Wicked Sisters: Women Poets, Literary History & Discord.* New York: Oxford UP, 1992.

——. *Whitman: The Political Poet.* New York: Oxford UP, 1989.

Farr, Judith. *The Passion of Emily Dickinson.* Cambridge, MA: Harvard UP, 1992.

Freeman, Margaret H. "A Cognitive Approach to Dickinson's Metaphors," in Gudrun Grabher, Roland Hagenbuchle, and Cristanne Miller, eds., *The Emily Dickinson Handbook,* Amherst, MA: Massachusetts UP, 1998. 258-72.

Gelpi, Albert. "Emily Dickinson and the Deerslayer: The Dilemma of the Woman Poet in America," *San José Studies*, III, 2 (May 1977), rpt. in Sandra M. Gilbert and Susan Gubar eds., *Shakespeare's Sisters: Feminist Essays on Women Poets*, Bloomington, IN: Indiana UP, 1979. 122-34.

Grabher, Gudrun, Roland Hagenbuchle, and Cristanne Miller eds. *The Emily Dickinson Handbook.* Amherst, MA: Massachusetts UP, 1998.

Griffith, Clark. *The Long Shadow: Emily Dickinson's Tragic Poetry.* Princeton, NJ: Princeton UP, 1964.

Habegger, Alfred. *My Wars Are Laid Away in Books: The Life of Emily Dickinson.* New York: Random House, 2001.

Herbert, Robert L. ed. *The Complete Correspondence of Edward Hitchcock and Benjamin Silliman, 1817-63: The American Journal of Science and the Rise of American Geology.* (https://www.amherst.edu/system/files/Hitchcock%2520%2526%2520Silliman%2520Correspondence%2520with%2520BH%2520notes.pdf)

Hitchcock, Edward. *A Sketch of the Geology, Mineralogy, &c. of the Connecticut.* New Haven, CT: S. Converse, 1823.

——. *Elementary Geology.* Amherst, MA: J. S. and C. Adams, 1840.

——. *Elementary Geology.* New York: Dayton & Saxton; Amherst, MA: J. S. & C. Adams, 1841.

——. *Elementary Geology.* New York: Dayton & Newman, 1842.

——. *The Final Report on the Geology of Massachusetts,* 2 vols. Northampton

MA: J. H. Butler, 1841.

————. *The Report on the Geology, Mineralogy, Botany, and Zoology of Massachusetts.* Amherst, MA: J. S. and C. Adams, 1833.

Kher, Inder. *The Landscape of Absence: Emily Dickinson's Poetry.* New Haven, CT: Yale UP, 1974.

Leiter, Sharon. *Critical Companion to Emily Dickinson: A Literary Reference to Her Life and Work.* New York: Facts on File, 2007.

Marche, Theresa. *Orra White Hitchcock: A Virtuous Woman.* National Art Education Association, 1991.

Marcou, Jules. *Life, Letters, and Works of Louis Agassiz.* Vol. 1. London: Macmillan, 1896.

Martin, Wendy, ed. *The Cambridge Companion to Emily Dickinson.* Cambridge: Cambridge UP, 2002.

McAdam, John Loudon. *Remarks on the Present System of Road Making.* London: Longman, 1823. （https://archive.org/details/remarksonpresen00mcadgoog）

Mossberg, Barbara Antonina Clarke. *Emily Dickinson: When a Writer Is a Daughter.* Bloomington, IN: Indiana UP, 1982.

Murray, Aife. "Architecture of the Unseen." Eds. Martha Nell Smith and Mary Loeffelholz. *A Companion to Emily Dickinson.* Malden, MA: Blackwell, 2008.

New York Times online （http://www.nytimes.com/1862/04/22/news/the-freshet-in-the-connecticut.html）

Persons, Frederick Torrel. "Justin Perkins." *Dictionary of American Biography,* Vol. VII. New York: Charles Scribner's Sons, c1981. 475-76.

Phillips, Elizabeth. *Emily Dickinson Personae and Performance.* University Park, PA: Pennsylvania State UP, 1988.

Pollak, Vivian R. *Dickinson: The Anxiety of Gender.* Ithaca, NY: Cornell UP, 1984.

Porter, David. *Dickinson: The Modern Idiom.* Cambridge, MA: Harvard UP, 1981.

Rich, Adrienne. "Vesuvius at Home: The Power of Emily Dickinson." *Parnassus,* 5, 1 （Fall-Winter 1976）, rpt. in Sandra M. Gilbert and Susan Gubar eds.,

Shakespeare's Sisters: Feminist Essays on Women Poets, Bloomington, IN: Indiana UP, 1979. 99-121.

Sewall, Richard B. *The Life of Emily Dickinson*. New York: Farrar, Straus and Giroux, 1974. One-Volume Edition, 1980.

Smith, Martha Nell. *Rowing in Eden: Rereading Emily Dickinson*. Austin, TX: Texas UP, 1992.

Tyler, William S. *A Biographical Sketch of Mrs. Orra White Hitchcock, Given at Her Funeral, May 28, 1863*. Springfield, MA: Samuel Bowles & Company, 1863.

Uno, Hiroko. "Geology in Emily Dickinson's Poetry." *Kobe College Studies* 48-2（141）, 2001, 1-25.（http://ci.nii.ac.jp/naid/110000433911）

Vendler, Helen. *Dickinson: Selected Poems and Commentaries.* Cambridge, MA: Harvard UP, 2010.

Whicher, George Frisbie. *This Was a Poet: A Critical Biography of Emily Dickinson*. New York: Charles Scribner's Sons, 1938.

Wolff, Cynthia Griffin. *Emily Dickinson*. New York: Knopf, 1986.

［日本語文献］

稲田勝彦、『エミリ・ディキンスン──天国獲得のストラテジー』、金星堂、1985 年。

岩田典子、『エミリ・ディキンスン──愛と詩の殉教者』、創元社、1982 年。

───、『エミリ・ディキンスンを読む』、思潮社、1997 年。

亀井俊介編、『対訳ディキンソン詩集』、岩波文庫、2004 年（1998 年初版）。

酒本雅之、『ことばと永遠──エミリー・ディキンソンの世界創造』、研究社出版、1992 年。

武田雅子、『エミリの詩の家──アマストで暮らして』、編集工房ノア、1996 年。

新倉俊一、『エミリ・ディキンソン──研究と詩抄』、篠崎書林、1983 年（1962 年初版）。

───、『エミリー・ディキンスン──不在の肖像』、大修館書店、

引用文献一覧　231

1989 年。

───、『ディキンスン詩集』、思潮社、1993 年。

新倉俊一編注、『ディキンソン詩選』、研究社小英文双書、研究社出版、
　　1976 年（1967 年初版）。

古川隆夫（岡隆夫）訳、『エミリィ・ディキンスン詩集』、桐原書店、
　　1980 年（1978 年初版）。

古川隆夫、『ディキンスンの詩法の研究──重層構造を読む』、研究
　　社出版、1992 年。

山川瑞明、武田雅子、下村伸子編注、『エミリ・ディキンスン──
　　詩と手紙』、弓書房、1983 年。

渡辺信二、「"Because I could not stop for Death -"」、『英語青年』、2003
　　年 11 月号、研究社、2003 年、28-29。

引用作品索引

［使用テクスト］R. W. Franklin, ed., *The Poems of Emily Dickinson,* 3 vols.（Cambridge, MA: Harvard UP, 1998）

F 124F / J 216	Safe in their Alabaster Chambers -	……第 6 章
F 236B / J 324	Some keep the Sabbath going to church -	……第 7 章
F 260 / J 288	I'm Nobody! Who are you?	……第 12 章
F 261 / J 245	I held a Jewel in my fingers -	……第 1 章
F 268 / J 248	Why - do they shut me out of Heaven?	……第 5 章
F 289A / J 229	A Burdock - clawed my Gown -	……第 12 章
F 330 / J 273	He put the Belt around my life -	……第 4 章
F 340 / J 280	I felt a Funeral, in my Brain,	……第 8 章
F 357 / J 351	I felt my life with both my hands	……第 5 章
F 394 / J 588	I cried at Pity - not at Pain -	……第 4 章
F 466 / J 657	I dwell in Possibility -	……第 3 章
F 479 / J 712	Because I could not stop for Death -	……第 10 章
F 511 / J 603	He found my Being - set it up -	……第 5 章
F 532 / J 403	The Winters are so short -	……第 13 章
F 536 / J 406	Some - Work for Immortality -	……第 12 章
F 547 / J 389	There's been a Death, in the Opposite House,	……第 11 章
F 620 / J 435	Much Madness is divinest Sense -	……第 12 章
F 624 / J 592	What care the Dead, for Chanticleer -	……第 7 章
F 662 / J 542	I had no Cause to be awake -	……第 7 章
F 711 / J 476	I meant to have but modest needs -	……第 7 章
F 719 / J 734	If He were living - dare I ask -	……第 5 章
F 762 / J 648	Promise This - When You be Dying -	……第 4 章
F 764 / J 754	My Life had stood - a Loaded Gun -	……第 3 章
F 788 / J 709	Publication - is the Auction	……第 12 章
F 803A / J 835	Nature, and God, I neither knew	……第 6 章
F 867 / J 922	I felt a Cleaving in my Mind -	……第 8 章

F 930 / J 883	The Poets light but Lamps -	……第 2 章
F 943 / J 840	I cannot buy it - 'tis not sold -	……第 1 章
F 982 / J 919	If I can stop one Heart from breaking	……第 9 章
F 1049 / J 1089	Myself can read the Telegrams	……第 12 章
F 1164B / J 1140	The Day grew small, surrounded tight	……第 6 章
F 1173 / J 1160	He is alive, this morning -	……第 6 章
F 1174 / J 1167	Alone and in a Circumstance	……第 1 章
F 1243 / J 1126	Shall I take thee, the Poet said	……第 3 章
F 1355 / J 1379	His Mansion in the Pool	……第 12 章
F 1488D / J 1466	One of the ones that Midas touched	……第 12 章
F 1570 / J 1510	How happy is the little Stone	……第 9 章

初出一覧

第1章「Emily Dickinson の "I held a Jewel in my fingers -" について」（『英語青年』、研究社、2005 年 5 月号、pp. 45-48）

第2章「Emily Dickinson 注釈（7）（F930 / J883"The Poets light but Lamps -"」（『英文学』、第 99 号、早稲田大学英文学会、2013 年 3 月、pp. 73-78）

第3章「Emily Dickinson 注釈（5）（F764 / J754）"My Life had stood - a Loaded Gun -"」（『英文学』、第 94 号、早稲田大学英文学会、2008 年 3 月、pp. 118-109）

第4章「エミリの詩の工房――推敲途上の詩を話者とする作品三篇について」（新倉俊一編『エミリ・ディキンスンの詩の世界』、国文社、2011 年 3 月、pp. 8-23）

第5章「エミリ・ディキンスンの〈推敲途上の詩〉を話者とする詩三篇とその発想の淵源」（『早稲田大学大学院文学研究科紀要』、第 57 輯第 2 分冊、早稲田大学、2012 年 2 月、pp. 5-17）

第6章「Emily Dickinson 注釈（1）（F124 / J216）"Safe in their Alabaster Chambers -"」（『英文学』、第 89 号、早稲田大学英文学会、2005 年 3 月、pp. 119-111）

第7章「Emily Dickinson 注釈（6）（F624 / J592）"What care the Dead, for Chanticleer - " ほか 2 篇」（『英文学』、第 96 号、早稲田大学英文学会、2010 年 3 月、pp. 20-30）

第8章「Emily Dickinson 注釈（2）（F340 / J280）"I felt a Funeral, in my Brain,"」（『英文学』、第 90 号、早稲田大学英文学会、2005 年 9 月、pp. 76-67）

第9章「Emily Dickinson 注釈（8）: "If I can stop one Heart from breaking"（F982 / J919）と "How happy is the little Stone"（F1570 / J1510）について」（『英文学』、第 100 号、早稲田大学英文学会、2014 年 3 月、pp. 63-70）

第10章「Emily Dickinson 注釈（3）（F479 / J712）"Because I could not stop for Death -"」（『英文学』、第 92 号、早稲田大学英文学会、

2006 年 9 月、pp. 71-62）

第 11 章　「Emily Dickinson 注釈（4）（F547 / J389）"There's been a Death, in the Opposite House,"」（『英文学』、第 93 号、早稲田大学英文学会、2007 年 3 月、pp. 92-87）

第 12 章　「政治と経済とエミリー・ディキンスン」（『早稲田大学大学院文学研究科紀要』、第 55 輯第 2 分冊、早稲田大学、2010 年 2 月、pp. 5-18）および「一四八八　おれたちの誰にもタッチし損なった」（新倉俊一編、『私の好きなエミリ・ディキンスンの詩』、金星堂、2016 年 6 月、pp. 204-13）

第 13 章　「エミリ・ディキンスンの氷河期」（『英文学』、第 102 号、早稲田大学英文学会、2016 年 3 月、pp. 1-18.）

※ 本書掲載にあたり、大幅に改稿したものもある。

【著者】江田孝臣（えだ・たかおみ）
早稲田大学名誉教授。
1956 年、鹿児島県に生まれる。
1979 年、千葉大学人文学部卒業。
1985 年、東京都立大学大学院博士課程人文科学研究科英文学専攻退学。
中央大学経済学部専任講師・助教授（1985-2002）を経て、早稲田大学文学
学術院助教授・教授（2003-2020）。

著書
『『パターソン』を読む──ウィリアムズの長編詩』（春風社、2019）、『はじ
めて学ぶアメリカ文学史』（共著、ミネルヴァ書房、1991）、『批評理論とア
メリカ文学──検証と読解』（共著、中央大学出版部、1995）など。

訳書
ルイーズ・グリュック『アヴェルノ』（春風社、2022）、D. W. ライト編『36
New York Poets──ニューヨーク現代詩 36 人集』（思潮社、2022）、ヘレン・ヴェ
ンドラー『アメリカの抒情詩──多彩な声を読む』（共訳、彩流社、1993）、
『アメリカ現代詩 101 人集』（共訳、思潮社、1999）など。

	エミリ・ディキンスンを理詰めで読む ──新たな詩人像をもとめて		
		2018 年 8 月 27 日　初版発行 2022 年 10 月 26 日　二刷発行	
著者	江田孝臣　えだ・たかおみ		
発行者	三浦衛		
発行所	春風社　*Shumpusha Publishing Co.,Ltd.* 横浜市西区紅葉ヶ丘 53　横浜市教育会館 3 階 〈電話〉045-261-3168　〈FAX〉045-261-3169 〈振替〉00200-1-37524 http://www.shumpu.com　✉ info@shumpu.com		
装丁	桂川潤		
印刷・製本	シナノ書籍印刷 株式会社		

乱丁・落丁本は送料小社負担でお取り替えいたします。
©Takaomi Eda. All Rights Reserved.Printed in Japan.
ISBN 978-4-86110-605-7 C0098 ¥3000E